insel tasche
Natsu M
Der Klang

Als der junge Tomura einem Klavierstimmer bei der Arbeit lauscht, fühlt er sich durch den Klang in die hohen, rauschenden Wälder seiner Kindheit zurückversetzt, und fortan prägt die Leidenschaft für die Musik sein Leben. Er lernt das Handwerk des Klavierstimmens, doch bei aller Hingabe auf der Suche nach dem perfekten Klang ist da stets die Angst vor dem Scheitern. Als er das Klavier der beiden Schwestern Kazune und Yuni stimmen soll, muss er erkennen, dass es dabei um mehr geht als um technische Versiertheit. Und als er Kazune, die angehende Konzertpianistin, dann spielen hört, spürt er die Bestimmung seines Lebens: ihr Spiel zum Strahlen zu bringen.

Natsu Miyashita wurde 1967 in der japanischen Präfektur Fukui geboren. Sie liest für ihr Leben gern und spielt Klavier, seit sie klein war. Für *Der Klang der Wälder* erhielt sie den renommierten japanischen Buchhändlerpreis. Der Roman war in Japan ein Millionenbestseller und wurde 2018 von Kojiro Hashimoto verfilmt.

Sabine Mangold, geboren 1957, hat mehrere Jahre in Japan als Dozentin gearbeitet und zahlreiche literarische Werke aus dem Japanischen ins Deutsche übertragen. 2019 wurde sie mit dem Preis der Japan Foundation ausgezeichnet. Mangold lebt in Berlin.

Natsu Miyashita

DER
KLANG
DER
WÄLDER

Roman

Aus dem Japanischen von Sabine Mangold

Insel Verlag

Die Originalausgabe erschien 2015 unter dem Titel
Hitsuji to Hagane no Mori bei Bungeishunju Ltd., Tokio.

Klimaneutral
Druckprodukt
ClimatePartner.com/14438-2110-1001

3. Auflage 2023

Erste Auflage 2022
insel taschenbuch 4917
© der deutschsprachigen Ausgabe
Insel Verlag Anton Kippenberg GmbH & Co. KG, Berlin, 2021
© Natsu Miyashita, 2015
Die deutsche Übersetzung erfolgt auf Vermittlung
von Bungeishunju Ltd. / BCF-Tokio.
Alle Rechte vorbehalten. Wir behalten uns auch eine Nutzung des
Werks für Text und Data Mining im Sinne von § 44b UrhG vor.
Umschlaggestaltung von Rothfos & Gabler, Hamburg
unter Verwendung des Originalumschlags von R. Shailer/TW
Druck: CPI books GmbH, Leck
Printed in Germany
ISBN 978-3-458-68217-2

www.insel-verlag.de

Der Klang der Wälder

I

Ich konnte den Wald riechen. Einen herbstlichen Wald in der Dämmerung, wenn der Wind durch die Bäume fegt und das Laub raschelt. Den feuchten Duft des Waldes bei Einbruch der Nacht.

Nur, da war kein Wald. Und dennoch roch ich das welke Herbstlaub, spürte die sich herabsenkende Dunkelheit, während ich mich doch nur in einer Turnhalle aufhielt.

Der Unterricht war vorbei, die Halle verlassen. Ich wartete am Rand und beobachtete den Mann, den ich gerade hereinbegleitet hatte.

Vor mir stand das Klavier. Imposant, glänzend schwarz, mit geöffnetem Deckel – ein Konzertflügel. Der Mann ging darauf zu. Er warf einen flüchtigen Blick in meine Richtung, aber ich brachte kein Wort heraus. Er schlug ein paar Tasten an und erneut entstieg dem geöffneten Deckel der Duft von warmer Erde und raschelndem Laub. Die Dunkelheit rückte allmählich näher. Ich war siebzehn.

Weshalb der Lehrer gerade mich gebeten hatte, den Besucher in die Turnhalle zu führen, lag wohl daran, dass er mich als Letzten im Klassenzimmer angetroffen hatte.

Ich war im zweiten Semester des Abschlussjahrgangs in der Phase der Zwischenprüfungen, wo sämtliche Clubaktivitäten ruhten. Entsprechend eilig hatten es meine Klassenkameraden, von hier wegzukommen. Ich hatte keine Lust gehabt, ins Wohnheim auf mein einsames Zimmer zurückzukehren und wollte mich stattdessen in die Bibliothek setzen, um zu lernen.

»Hör mal, Tomura-kun«, sprach mich der Lehrer an. »Wir erwarten heute Nachmittag einen Besucher, ich muss aber in eine Dienstbesprechung. Kannst du ihn bitte in die Turnhalle führen? Er kommt um vier. Das wäre nett.«

Ich erklärte mich einverstanden. Es kam häufig vor, dass man mich um Gefälligkeiten bat. Vermutlich wirkte ich einfach hilfsbereit oder wie jemand, der schwer Nein sagen konnte. Vielleicht dachte man auch, ich hätte sonst nichts vor. Zugegeben, das stimmte. Ich hatte reichlich Zeit und keinerlei Verpflichtungen. Auch keine Hobbys. Ich wollte einfach nur den Schulabschluss einigermaßen hinkriegen und hinterher einen vernünftigen Job finden, um mein Leben irgendwie zu meistern. So dachte ich damals.

»Wer kommt denn?«

Der Lehrer, schon im Gehen begriffen, drehte sich zu mir um:

»Der Stimmer.«

Komisch, das Wort hatte ich noch nie gehört. Kam er, um die Klimaanlage zu justieren? Aber wieso musste er dazu in die Turnhalle? Na ja, das konnte mir im Grunde egal sein. Um die Zeit totzuschlagen, verbrachte ich die nächste Stunde im Klassenzimmer, wo ich für den Test am nächsten Tag japanische Geschichte paukte.

Als ich kurz vor vier am Haupteingang eintraf, wartete der Mann bereits an der Glastür. Er trug ein braunes Jackett und hatte eine Art Koffer bei sich.

»Sie kommen wegen der Klimaanlage?«, fragte ich, während ich ihm von innen öffnete.

»Mein Name ist Itadori, von Etō Musikinstrumente.«

Musikinstrumente? Dann war dieser ältere Mann vielleicht gar nicht der Besucher, den ich empfangen sollte? Ich hätte mich beim Lehrer vorsichtshalber nach dem Namen erkundigen sollen.

»Kobuta-san sagte mir, dass er heute wegen einer Besprechung nicht abkömmlich sei. Das ist nicht weiter schlimm. Hauptsache, du zeigst mir den Weg.«

»Sie müssen zur Turnhalle, richtig?«, vergewisserte ich mich, während ich ihm die braunen Slipper für Gäste bereitstellte.

»Ja, heute ist der Flügel dort dran.«

Was hat er denn damit vor?, wunderte ich mich, aber weiter reichte meine Neugierde nicht.

»Hier entlang, bitte.«

Ich ging voran, er folgte mir dicht auf den Fersen. Der Koffer schien einiges zu wiegen. Ich führte ihn bis zum Flügel und wollte mich gleich zurückziehen. Der Mann stellte sein Gepäck auf den Boden und nickte mir zu. Ich dachte, damit sei die Sache erledigt, und verneigte mich ebenfalls, um mich zu verabschieden. In der Halle, wo normalerweise um diese Zeit die Volleyball- und Basketball-AGs lautstark trainierten, war es mucksmäuschenstill. Durch die Oberlichter fiel sanftes Abendlicht herein.

In dem Moment, als ich den Rückweg über den Korridor antrat, ertönte hinter mir der Flügel. Ich blieb stehen und lauschte dem sanften und rhythmischen Klang. Eine tiefe Wehmut erfasste mich, als ich die Töne vernahm, die mir konkret wie greifbare Formen erschienen. Ich empfand sie als ungemein wohltuend, ohne ihr eigentliches Wesen erfassen zu können. So kam es mir jedenfalls vor.

Der Mann beachtete mich nicht und schlug weitere Tasten an. Er spielte nichts Besonderes, sondern schien nur den Klang der einzelnen Töne zu prüfen. Ich blieb eine Weile am Rand stehen, bevor ich erneut auf den Flügel zuging.

Ich schien den Mann nicht zu stören. Er trat einen Schritt von der Klaviatur zurück, um den Deckel zu öffnen. Dieser Deckel … er sah aus wie eine Vogelschwinge. Der Mann hob die Schwinge und befestigte sie mit einem Metallstab. Dann schlug er weitere Tasten an.

In diesem Moment rieche ich den Wald. Die Schwelle des Waldes, bei Einbruch der Nacht. Ich will ihn betreten, halte jedoch inne. Denn der düstere Wald birgt Gefahren. Früher erzählte man mir oft Geschichten von Kindern, die sich im Wald verirrt und nicht mehr zurückgefunden hatten. Man durfte nicht mehr in den Wald, wenn die Sonne unterging, denn das geschah viel schneller, als man tagsüber vermuten würde.

Mein Blick fiel auf den inzwischen geöffneten Koffer. Er enthielt die verschiedensten Werkzeuge. Werkzeuge, die ich noch nie zuvor gesehen hatte. Was wollte er damit anstellen? Ich traute mich nicht, ihn zu fragen. Wer fragte, verpflichtete sich. Wenn er mir antwortete, müsste ich wiederum etwas entgegnen. Die Frage schwirrte gestaltlos in meinem Kopf herum, ohne dass ich sie formulieren konnte. Vielleicht weil mir nichts einfiel, was ich anschließend hätte sagen können.

Was haben Sie mit dem Flügel vor? Was möchten Sie

mit dem Flügel machen? Oder: Was werden Sie an dem Klavier tun?

Damals hatte ich keine Ahnung, wie ich es am besten ausdrücken sollte. Sogar heute wüsste ich es noch nicht. Aber ich wünschte mir immer wieder, ich hätte ihn gefragt. Ich hätte mich einfach trauen sollen, ihm die entscheidende Frage, die sich mir aufdrängte, zuzumuten, auch wenn sie noch keine richtige Form besaß. Dann wäre es mir später erspart geblieben, immer wieder nach Antworten suchen zu müssen. Sofern mich seine Erklärung zufriedengestellt hätte …

Ich stand also einfach bloß da und schaute ihm schweigend zu, um ihn nicht bei der Arbeit zu stören.

In meiner Grundschulzeit hatten meine Lehrer im Musikunterricht öfter Klavier gespielt, und wir Kinder hatten dazu gesungen. Es hatte dort zwar keinen so imposanten Flügel gegeben wie diesen hier, aber der Klang eines Klaviers war mir seit damals vertraut. Aber nun erschien mir dieses große schwarze Instrument völlig neu. Zumindest erhielt ich zum ersten Mal einen Einblick in das Innenleben unter den geöffneten Schwingen, der mir fast intim vorkam. Es überraschte mich auch, dass die ihm entlockten Töne auf meiner Haut vibrierten.

Ich konnte den Wald riechen. Im Herbst, in der Abenddämmerung. Ich stellte meine Schultasche ab und lauschte den Tönen, die sich nun abwechselten. Zwei Stunden mochten vergangen sein, aber ich merkte nicht, wie die Zeit verstrich. Die Herbsttage wurden allmählich kürzer. Es war Anfang September gegen sechs Uhr abends, noch war es hell und die Luft relativ trocken. Aber im Gegensatz zum verbliebenen Tageslicht in der Stadt, gelangten die letzten Sonnenstrahlen nicht über die hohen Bäume hinweg bis in das abgelegene Bergdorf. Man kann schon den leisen Atem der auf die Nacht lauernden Kreaturen in der Umgebung erahnen. Ein ruhiger, warmer und tiefer Hauch. So klangen die Töne des Flügels.

»Der Flügel ist ziemlich alt.«

Endlich sagte der Mann etwas, wahrscheinlich, weil er bald mit der Arbeit fertig war.

»Er hat einen ganz samtigen Klang.«

Ich nickte bloß, weil ich nicht sicher war, was genau er damit meinte.

»Ein guter Flügel.«

Ich nickte abermals.

»Früher waren die Zeiten in den Bergen und auf den Weiden besser.«

»Wie bitte?«

»Nun ja, die Schafe in den Bergen haben damals gutes Futter zu fressen bekommen«, erklärte er, während er mit einem weichen Tuch den schwarzen Kasten polierte.

Ich erinnerte mich an die Schafe, die in der Nähe meines Elternhauses friedlich auf den Weiden grasten.

»Man konnte hochwertige Wolle von wohlgenährten Schafen für die Herstellung des Filzes verwenden. Heutzutage findet man nicht mehr so gute Hämmer.«

Ich konnte mir keinen Reim darauf machen.

»Was haben Hämmer mit einem Klavier zu tun?«, fragte ich.

Der Mann blickte auf. Ein Lächeln umspielte seinen Mund.

»Hier drinnen befinden sich viele davon.« Er deutete auf den Flügel.

Ich konnte mir absolut nichts darunter vorstellen.

»Soll ich sie dir zeigen?«, bot er mir an.

Ich trat näher.

»Sieh mal, wenn man eine Taste anschlägt …«

Der Ton hallte durch den Raum. Ich bemerkte, wie ein einzelnes Element im Korpus hochschnellte und einen gespannten Draht berührte.

»Hier, die Saite wird von einem Hammer angeschlagen. Und dieser Hammerkopf besteht aus Filz.«

Dong … dong … tönte es. Ich konnte allerdings nicht ausmachen, ob es weich klang. Aber es war sechs Uhr abends Anfang September im Wald, wo es bereits dämmerte.

»Fällt dir etwas auf?«

»Sie ist viel deutlicher als vorhin«, erwiderte ich.

»Was meinst du damit?«

»Die Landschaft des Tons.«

Die Landschaft, die der Ton hervorrief, war nun viel klarer zu erkennen. Nachdem der Mann seine Arbeit mit einer Reihe von Handgriffen abgeschlossen hatte, erschien mir die Szene noch lebendiger als beim Anschlag der ersten Taste.

»Ist es eigentlich Kiefernholz, das man für den Klavierbau verwendet?«

Der Mann nickte halbherzig.

»Der Baum heißt eigentlich Fichte, aber es ist schon eine Art Kiefer.«

Etwas mutiger fragte ich weiter:

»Könnten es Kiefern aus dem Daisetsu-Gebirge sein?«

Lag es vielleicht daran, dass ich genau diese Landschaft vor Augen hatte? Diese Szene im Wald? War ich deshalb so ergriffen? Es war nämlich jener Wald dort in den Bergen, der in mir erklungen war.

»Nein, es ist importiertes Holz. Wahrscheinlich aus Nordamerika, denke ich.«

Oh! Damit hatte ich nicht gerechnet. Vielleicht war es ja so, dass jeder Wald auf dieser Welt Töne hervorbrachte. Waren sie alle bei Einbruch der Nacht so tief und still und irgendwie unheimlich? Der Mann schloss den flügelgleichen Deckel und polierte ihn ebenfalls.

»Du spielst wohl kein Klavier?«

Seine Frage klang ruhig, und ich hätte ihm allzu gern widersprochen. Wie schön wäre es, wenn ich Klavier spielen könnte, um all die wundervollen Dinge wie Wald und Nacht ausdrücken zu können.

»Nein.«

Tatsächlich hatte ich noch nicht einmal eins berührt.

»Aber du magst den Klang, ja?«

Auch dazu konnte ich nichts sagen. Denn an diesem Tag war ich zum ersten Mal darauf aufmerksam geworden. Er scherte sich jedoch nicht weiter um meine Einsilbigkeit, sondern verstaute nach der Politur das Putztuch in seinem Koffer, den er mit einem sanften Klicken schloss. Als er sich mir zum Abschied zuwandte, zog er eine Visitenkarte aus der Jackentasche. Es war das erste Mal, dass ich ein *meishi* von einem Erwachsenen erhielt.

»Komm doch mal vorbei und schau dir unsere Klaviere an.« Auf der Karte stand der Name des Geschäfts – Etō – und darunter: *Soichi Itadori – Klavierstimmer*.

»Wirklich?«, fragte ich überrascht. Es konnte ja nicht schaden. Immerhin hatte er den Vorschlag gemacht. Es klang wie eine Einladung.

»Aber sicher.«
Itadori-san nickte lächelnd.

Die Begegnung ging mir nicht mehr aus dem Kopf. Eines Tages suchte ich das Klaviergeschäft auf.
Itadori-san war gerade auf dem Weg zu einem Kunden. Wir gingen noch ein Stück gemeinsam bis zum Parkplatz hinter dem Laden, wo ich ihn dann unvermittelt fragte:
»Würden Sie mich als Lehrling einstellen?«
Itadori-san reagierte weder mit einem Lachen, noch zeigte er sich überrascht, sondern blickte mich nur freundlich an. Er stellte seinen Werkzeugkoffer ab, zog ein kleines Notizheft aus der Jackentasche und kritzelte mit einem Kugelschreiber etwas hinein. Dann riss er die Seite heraus und überreichte mir den Zettel.
Darauf stand der Name einer Schule.
»Ich bin nur ein einfacher Klavierstimmer. Mir steht es nicht zu, einen Lehrling anzunehmen. Wenn du ernsthaft das Handwerk erlernen möchtest, empfehle ich dir dieses Institut.«

Nach dem Highschool-Abschluss konnte ich meine Eltern davon überzeugen, mich auf dieser Fachschule ausbilden zu lassen. Bis heute weiß ich nicht, inwieweit meine Familie Verständnis für mich aufbrachte. In dem Bergdorf, wo ich aufgewachsen bin, begnügte man sich gewöhnlich mit der mittleren Reife. Nach Abschluss der Mittelstufe verließ man die Heimat, um in die Stadt zu gehen. Dieser Weg war vorgezeichnet. Einige der Bergkinder konnten sich mit der neuen Situation des Alleinlebens gut arrangieren und blühten regelrecht auf, während andere von den großen Schulen mit ihren lauten, vollen Gängen regelrecht überwältigt wurden. Entweder fand man Anschluss in der neuen Schulgemeinschaft und fühlte sich wohl, oder man blieb der ewige Außenseiter. Manche gingen dann wieder zurück in ihr Dorf, andere verschwanden völlig von der Bildfläche.

Mein Los war das Klavierstimmen, das mir den Duft der Wälder offenbart hatte. Ich konnte nicht mehr in die Berge zurück.

Das erste Mal in meinem Leben verließ ich die gewohnten Pfade. Die Fachschule für Klavierstimmer befand sich auf der Hauptinsel Honshū, die Ausbildung umfasste vier Semester. Zwei Jahre also brachte ich in dem nüchternen, an eine Pianowerkstatt angegliederten Unterrichtsraum zu, allein um die Technik des Klavierstimmens zu erlernen. Wir waren zu siebt.

Von früh bis spät widmete ich mich voll und ganz dem Studium. Im Sommer war es brütend heiß, im Winter bitterkalt. Die Praxis wurde von der Pike auf gelehrt, bis hin zur kompletten Wartung eines Klaviers inklusive Lackpflege. Man stellte uns herausfordernde Aufgaben, mit denen ich mich bis spät in die Nacht herumschlug und die mich oft deprimiert zurückließen, weil ich mir nicht zutraute, sie jemals zu meistern. Hatte ich mich etwa über die Schwelle des furchterregenden Waldes gewagt, wo man sich heillos verirrte und nie mehr herausfand? Dieser Gedanke versetzte mich regelmäßig in Panik. Vor mir nur dichtes Gestrüpp, Dunkel.

Und doch empfand ich seltsamerweise keinen Widerwillen. Der Duft des Waldes würde wohl niemals einem der von mir gestimmten Klaviere entsteigen, aber ich konnte ihn nicht vergessen. Allein das war Ansporn genug, um die zweijährige Ausbildung abzuschließen. Ich konnte zwar weder Klavier spielen, noch besaß ich das absolute Gehör, aber immerhin war ich nun in der Lage, den Kammerton a' auf der neunundvierzigsten Taste auf 440 Hertz zu stimmen.

Um davon ausgehend den Aufbau der gesamten Tonleiter zu beherrschen, was mir mit Ach und Krach gelang, hatte es immerhin zwei Jahre gebraucht, die für mich jedoch wie im Fluge vergangen waren.

Wir alle bestanden die Prüfung tadellos, und ich fand zu meinem Glück in der Stadt nahe meines Heimatdorfes eine Anstellung bei Etō, dem Instrumentenhandel, für den auch Itadori-san arbeitete. Zufällig hatte gerade einer der Klavierstimmer dort gekündigt.

Die Firma hatte sich hauptsächlich auf Klaviere spezialisiert. Der Geschäftsführer, Etō-san, war selten da. Es war ein relativ kleiner Laden mit lediglich zehn Beschäftigten. Außer uns vier Klavierstimmern gab es noch weitere Angestellte am Empfang, im Büro und im Verkauf.

Das erste halbe Jahr dort verbrachte ich im Laden mit den Aufgaben eines Lehrlings: Telefonanrufe entgegennehmen, Schriftkram für den Musikunterricht erledigen, der parallel zum Verkauf angeboten wurde, Instrumente verkaufen und Kunden beraten. Wenn dann noch Zeit blieb, durfte ich an den Klavieren das Stimmen üben.

Im Erdgeschoss befand sich der Ausstellungsraum mit vier Klavieren und zwei Flügeln und einer Nische, wo Noten und Bücher zum Verkauf angeboten wurden. Des

Weiteren gab es zwei kleinere Unterrichtsräume und einen bescheidenen Aufführungssaal für einige Dutzend Zuhörer.

Wir hielten uns jedoch für gewöhnlich im Büro im ersten Stock auf. Dort gab es außerdem ein Besprechungszimmer und einen Empfangssalon. Der Rest der Etage wurde als Lager genutzt.

Bis zum regulären Dienstschluss hatte ich immer alle Hände voll zu tun, sodass ich erst am späten Abend dazu kam, das Stimmen zu üben.

Nachts ist es hier totenstill. Ich hebe den Deckel an. Eine unbeschreibliche Ruhe überkommt mich, meine Sinne sind offen und empfänglich, während ich zugleich tief in mich hineinhorche. Die Stimmgabel erklingt.

Pling! Meine Nerven sind zum Zerreißen gespannt. Saite für Saite weise ich die Töne zu, habe jedoch das Gefühl, dass es nie ganz hinhaut. Die Schallwellen lassen sich nicht einfangen. Die Zahlenwerte, die, mit dem Tuner gemessen, eigentlich korrekt sein sollten, scheinen immer leicht zu schwanken. Von einem Klavierstimmer wird eben mehr erwartet, als nur die Töne abzugleichen. Er muss ein Gespür für die Vibrationen und die Interaktion der einzelnen Töne untereinander entwickeln.

Aber genau an diesem Punkt scheiterte ich. Ich strampelte im Pool, in den ich hineingesprungen war, um zu schwimmen. Ich plantschte nur herum, kam jedoch keinen Deut voran.

Itadori-san traf ich so gut wie nie. Er kam nur selten ins Büro. Die meiste Zeit stimmte er Flügel in Konzertsälen oder besuchte Privatkunden. Kurzum, er war so beschäftigt, dass er oft direkt von den Terminen nach Hause fuhr und ich ihn wochenlang nicht zu Gesicht bekam.

Ich hätte gern mehr technische Unterweisung von ihm erhalten und wollte ihm unbedingt beim Stimmen zusehen. Und noch mehr wünschte ich mir mitzuerleben, wie er dabei jedem Klavier seine spezifische Klangfarbe entlockte.

Offenbar las er meine Gedanken, denn bevor er zu seinem nächsten Kundenbesuch aufbrach, rief er mich kurz zu sich.

»Nur nichts überstürzen. Immer eins nach dem anderen. Schritt für Schritt.«

Ja, erwiderte ich. Schritt für Schritt … meine Reife zum Klavierstimmer stellte sich immer mehr als gigantisches, langwieriges Unterfangen heraus.

Ich war froh, dass Itadori-san mir Beachtung schenkte, aber das reichte mir nicht. Ich rannte hinter ihm her, als er das Geschäft verließ.

»Aber welche Schritte muss ich denn gehen? Und welcher Weg ist der richtige?«, fragte ich verzweifelt, noch ganz außer Atem. Itadori-san schaute mich verwundert an.

»Beim Klavierstimmen gibt es nicht den *einen* Weg. Und auch kein *richtig* oder *falsch*.«

Er nickte einige Male kurz mit dem Kopf, als würde er sich selbst beipflichten.

»Schritt für Schritt … eins nach dem anderen«, wiederholte er, während er die Tür aufschob, die zum Parkplatz führte.

Schritt für Schritt … eins nach dem anderen? Ich hielt ihm die Tür auf.

Er sah mich prüfend an.

»Man sollte nie versuchen zu rennen, bevor man gehen kann.«

Beharrlich, eins nach dem anderen, stimmte ich weiterhin die Klaviere im Geschäft. Ich nahm mir jeden Tag eines vor. Sobald ich alle durchhatte, widmete ich mich wieder dem ersten, wobei ich diesmal die Tonhöhe leicht veränderte.

Mir wurde gesagt, dass ich erst nach einem halben Jahr immerwährenden Übens so weit sein würde, das Klavier eines Kunden zu stimmen. Der Mitarbeiter, der vor meinem Eintritt aus der Firma ausgeschieden war, hätte sogar viel länger gebraucht. Er sei erst nach anderthalb Jahren dazu in der Lage gewesen.

Es war mein sieben Jahre älterer Kollege Yanagi-san, der mir das erzählte.

»Er hatte die gleiche Ausbildung wie du, aber nicht jeder ist für diese Aufgabe geschaffen.«

Das erschreckte mich. Was, wenn auch ich der Sache nicht gewachsen wäre?

»Es zählt eben nicht bloß die Technik, um ein guter Klavierstimmer zu sein.«

Dabei klopfte er mir auf die Schulter.

Ich hatte ja nicht einmal Vertrauen in meine Technik. Zwar hatte ich eine rigorose Ausbildung hinter mir, beherrschte jedoch gerade mal die Grundlagen. Wenn ich vor einem verstimmten Klavier stand, konnte ich lediglich die unsauberen Töne identifizieren und ihre Frequenz neu anpassen, um eine harmonische Tonleiter herzustellen. Niemand wusste besser als ich, wie beschränkt meine

Kenntnisse waren. Mir mangelte es nicht bloß an technischer Routine, sondern ich hatte auch nicht die leiseste Ahnung von den weiteren Feinheiten, die das Stimmen überdies ausmachten.

Yanagi-san hatte mir den Kummer wohl angemerkt, als er mich mit einem Lächeln aufzumuntern versuchte:

»Kopf hoch, mein Lieber. Das wird schon. Du musst einfach selbstsicher auftreten, sonst wird der Kunde leicht misstrauisch.«

»Tut mir leid.«

»Du musst dich nicht entschuldigen. Wie gesagt, ein bisschen mehr Selbstvertrauen tut es schon«, sagte Yanagi-san amüsiert.

Er war zwar älter als ich und erfahrener, aber mir gegenüber nie überheblich oder besserwisserisch. Das rechnete ich ihm hoch an. Da ich die meiste Zeit meines bisherigen Lebens in einer kleinen Dorfgemeinschaft zugebracht hatte, durchschaute ich das System sozialer Hierarchien noch nicht so richtig. Es gab immer irgendwelche Machtgefälle in Beziehungen, die es zu berücksichtigen galt. Zwischen Älteren und Jüngeren, Stadt- und Dorfbewohnern. Ich wusste zwar darum, tat mich aber schwer, mich in diesen Hierarchien zurechtzufinden.

Ich widmete mich also beharrlich weiter dem Stimmen von Klavieren, und ebenso beharrlich hörte ich mir Alben mit Klavierstücken an.

Bis zu meinem Schulabschluss hatte ich so gut wie keine Beziehung zu klassischer Musik gehabt. Mir hatte sich damit eine ganz neue Welt eröffnet. Schon bald wurde ich geradezu süchtig danach und schlief nachts regelmäßig mit

Klaviermusik von Mozart, Beethoven oder Chopin ein. Ich wollte so viele Kompositionen und Interpreten wie möglich kennenlernen und fand kaum die Zeit, ein Stück einmal in zwei verschiedenen Einspielungen im Vergleich zu hören. Wenn es sich doch einmal ergab, war mir stets die Version, die ich als Erste gehört hatte, die liebste, ganz wie ein frisch geschlüpftes Küken das Wesen, das es zuerst erblickt, für seine Mutter hält. Selbst bei sehr eigenwilligen Interpretationen, wo beispielsweise das Tempo drastisch abwich, ging es mir so.

Wann immer ich die Zeit fand, stellte ich mich vor eins der Klaviere im Verkaufsraum, hob den Deckel und inspizierte sein Innenleben. Eine Klaviatur besteht aus achtundachtzig Tasten, die in der Mittellage so wie im Diskant mit jeweils drei Saiten verknüpft sind, in der tieferen Lage jedoch nur mit zweien beziehungsweise mit einer am Ende. Jedes Mal lief mir ein ehrfürchtiger Schauer über den Rücken, wenn ich die exakt in einer Reihe angeordneten Hämmer erblickte, die nur darauf zu warten schienen, wie Magnolienknospen auf die straff gespannten Stahlsaiten zu treffen. Ein Wald, in dem alles in Balance zueinander steht, ist vollkommen in seiner Schönheit. ›Schön‹ war für mich ein ebenso neuer Begriff wie ›richtig‹. Vor meiner Begegnung mit dem Klavier habe ich nie auf schöne Dinge geachtet. Was nicht heißen soll, dass es sie nicht gab. Ich war sogar von einer Menge schöner Dinge umgeben. Sie sind mir nur nicht bewusst als ›schön‹ aufgefallen. Zum Beispiel der Milchtee, den meine Großmutter mir zubereitete, als ich noch zu Hause wohnte. Sie brühte ihn in einer Kasserolle auf, goss Milch hinzu, wodurch er eine Farbe annahm, die einem schlammigen Fluss nach einem sintflutartigen Regen ähnelte. Ich stellte mir dann vor, dass sich kleine Fische am Grunde des kleinen Topfes versteckt haben könnten.

Ah, warmer Milchtee! Fasziniert beobachtete ich die strudelnde Flüssigkeit, wenn sie in meinen Becher gegossen wurde. Das fand ich schön.

Oder die gerunzelte Stirn eines schreienden Babys. Die Furchen, die in seinem knallroten Gesicht entstehen, wenn es aus Leibeskräften brüllt, erschienen mir wie eigenständige Wesen mit einem überaus starken Lebenswillen. Auch das empfand ich als schön.

Und die Baumblüte. Wenn in den Bergen später als anderswo endlich der Frühling ausbricht und es auf einen Schlag überall zu knospen beginnt. Erfüllt von der Farbe unzähliger, rötlich schimmernder Zweige, scheinen die Berge aus sich heraus zu leuchten. Jedes Frühjahr erlebte ich dieses Schauspiel. Überwältigt von den geisterhaften Flammen der glühenden Berge stand ich einfach nur da. Diese Reglosigkeit erfüllte mich mit Glück. Innehalten und tief Luft holen, weiter nichts. Mein Herz klopfte vor lauter Vorfreude: Der Frühling war da, bald würde aus den Zweigen junges Laub üppig sprießen.

Auch heute ist es noch so. Wenn ich etwas atemberaubend Schönes erblicke, stehe ich da wie gebannt.

Bäume, Berge, Jahreszeiten – all das war schön. Es befreite mich, ein Wort dafür zu haben, denn nun konnte ich diese Dinge als ›schön‹ bezeichnen und mit anderen teilen. Ich trug eine Schatztruhe in mir und musste nur den Deckel öffnen. All die Dinge, die ich bisher nicht als schön zu definieren wusste, tauchten nun überall in meiner Erinnerung auf. Frei und leicht wie das Aufsammeln von Eisenspänen mit einem Magneten. Ich staunte, dass etwas wie das Schimmern von Knospen und das anschließende Sprießen von Blättern gleichsam banal und schön sein konnte. Banal und dennoch wundersam. Ich weiß nun, dass sich einem hinter jeder Ecke etwas Schönes eröffnen kann, nur erwarten darf man es nicht. So wie damals in der Turnhalle nach dem Unterricht. Wenn ein Klavier solch ein Wunderwerk ist, das unsichtbar Schönes aufgreifen und ihm eine hörbare Form verleihen kann, dann möchte ich mit Freuden sein Diener sein.

2

Ich erinnere mich noch gut daran, wie ich zum ersten Mal zum Klavierstimmen bei einem Kunden mitging. Fünf Monate nach meinem Eintritt in die Firma durfte ich Yanagi-san endlich begleiten. Es war ein sonniger Tag im Frühherbst. Unter dem Vorwand, ihm bei der Arbeit zu assistieren, war ich tatsächlich nur an seiner Seite, um anschaulichen Unterricht zu erhalten. Abgesehen vom technischen Aspekt des Stimmens war es auch eine gute Gelegenheit zu lernen, wie man mit Kunden umging.

Ich war nervös. Mir wurde richtig flau, als ich sah, wie Yanagi-san auf den Knopf der Gegensprechanlage drückte. Hätte ich es gewagt, mich ganz selbstverständlich anzukündigen? Aber als ich dann eine freundliche Frauenstimme hörte und die Tür sich mit einem Summen öffnete, besann ich mich darauf, dass wir ja vor allem wegen des Klaviers hier waren.

Der Fahrstuhl brachte uns in den dritten Stock.

»Hier macht es Spaß«, flüsterte Yanagi-san noch im Flur.

Eine Frau, dem Aussehen nach im Alter meiner Mutter, öffnete uns die Tür und bat uns herein. Das Musikzimmer befand sich gleich rechts. Inmitten des überschaubaren Raums war das kleinste Modell eines Flügels platziert. Den Boden bedeckte ein dicker flauschiger Läufer, an den Fenstern waren schwere Vorhänge drapiert. Offenbar zur Schalldämmung. Vor der Klaviatur standen zwei Hocker, hier spielte also mehr als eine Person.

Der schwarz lackierte Korpus war auf Hochglanz poliert. Es schien kein hochwertiges Instrument zu sein, aber man sah, dass es liebevoll gepflegt wurde. Und regelmäßig gespielt. Es genügte, dass Yanagi-san einmal rasch die Oktaven hinauf spielte, um zu hören, dass es verstimmt war. Bei einer halbjährlichen Wartung war dies ein Zeichen, dass es oft in Gebrauch war.

Kein Wunder, dass Yanagi-san sich auf die Arbeit freute. Es macht in der Tat Spaß, ein Klavier zu stimmen, das von seinem Besitzer geschätzt und gespielt wird. Wenn das Instrument nach einem Jahr nur minimal verstimmt ist, mag der Aufwand zwar geringer sein, aber die Arbeit ist nicht so befriedigend.

Ein Klavier will gespielt werden. Es steht immer bereit. Für die Menschen, für die Musik. Bereit, uns die Schönheit der Welt zu eröffnen.

Yanagi-san versetzte die Stimmgabel in Schwingung, synchron summte der Flügel im Kammerton a'. Verbunden, dachte ich.

Jedes Klavier hat zwar seinen eigenen Charakter, sie alle jedoch folgen demselben Prinzip. Genau wie ein Radio. Die einzelnen Antennen empfangen die Worte oder Klänge, die als Schallwellen von einem Sender durch den Äther geschickt werden. Ebenso nimmt die Musik, die jeden Winkel unserer Welt durchdringt, mittels des Klaviers Gestalt an. Hier kommen wir ins Spiel, damit das Instrument die Musik so schön wie nur möglich zum Ausdruck bringt. Wir justieren die Saiten und regulieren die Hämmer, bis die Schallwellen gleichmäßig schwingen, um einen reinen Klang zu erzeugen. Kurzum, wir stimmen das Klavier so, dass es sich ganz mit der Musik verbinden kann. Nun begann Yanagi-san wortlos seine Arbeit, damit dieses Klavier in steter Bereitschaft mit der Welt Kontakt aufnehmen konnte. Als er nach zwei Stunden zum Abschluss kam, tönte die Stimme eines jungen Mädchens durch den Flur.

»Hallo, ich bin wieder da.«

Die Wartung eines Klaviers ist stets langwierig und geräuschvoll. Es kam vor, dass Kunden deshalb die Tür zum Musikzimmer während unserer Arbeit geschlossen hielten. Aber heute stand sie offen. Wahrscheinlich sollte das Mädchen sich bei seiner Rückkehr sogleich vergewissern können, dass das Klavier gestimmt wurde. Und tatsächlich erschien bald darauf eine Schülerin im Highschool-Alter im Musikzimmer. Sie trug ihr glattes schwarzes Haar überschulterlang und wirkte besonnen, fast schüchtern.

Nachdem sie uns mit einem kurzen Nicken begrüßt hatte, stellte sie sich artig an die Wand und sah Yanagi-san schweigend dabei zu, wie er die letzten Handgriffe verrichtete.

»Na, wie findest du es?«

Er spielte eine Tonleiter über zwei Oktaven und machte dann den Platz für sie frei.

Das Mädchen trat zaghaft ans Klavier und schlug ein paar Tasten an. Ich stand unwillkürlich auf. Eine Gänsehaut lief mir über den Rücken.

»Nur zu! Leg mal richtig los, um dich zu überzeugen«, forderte Yanagi-san sie mit einem breiten Lächeln auf.

Das Mädchen zog den Hocker heran, um sich ans Klavier zu setzen. Dann glitten ihre Finger geschmeidig über die Tasten. Es war ein kurzes Stück, bei dem sich beide Hände synchron bewegten. Vermutlich eine Fingerübung. Es hörte sich wunderschön an. Perlende Töne, klar und rein, wie poliert. Die Gänsehaut blieb. Wie schade, dass das Stück so schnell vorbei war.

Daraufhin legte sie die Hände in den Schoß und nickte.

»Vielen Dank. Es klingt gut, finde ich.«

Sie sprach ganz leise, den Kopf gesenkt, als schämte sie sich.

»Also dann …«, brummte Yanagi-san, woraufhin sie den Kopf hob.

»Einen Moment noch, bitte«, unterbrach sie ihn. »Meine jüngere Schwester kommt auch gleich. Könnten Sie noch so lange bleiben?«

Komisch, dass sie einer jüngeren Person als sich selbst das letzte Wort einräumte. Oder brachte sie selbst nicht den Mut auf, ihr Okay zu geben?

Während ich darüber grübelte, willigte Yanagi-san grinsend ein.

Das Mädchen verließ das Zimmer, worauf ihre Mutter uns auf einem Lacktablett Tee servierte.

»Bitte, bedienen Sie sich. Falls meine Tochter nicht rechtzeitig kommen sollte, brauchen Sie nicht länger zu warten.«

Sie stellte das Teeservice auf den Beistelltisch in der Ecke und lächelte uns zu. Yanagi-san hielt kurz inne mit dem Verstauen des Werkzeugs und bedankte sich mit einer Verbeugung.

Ein paar Minuten später flog die Wohnungstür auf, und

eine fröhliche Stimme rief ganz außer Atem: »Ich bin wieder da!«

Die Schritte kamen eilig näher.

»Yuni, du kannst jetzt das Klavier ausprobieren.«

»Ah, wie gut, dass ich es noch rechtzeitig geschafft habe.«

Nach dem kurzen Geplänkel erschienen die zwei Mädchen im Klavierzimmer. Sie sahen sich verblüffend ähnlich, der einzige Unterschied war die Frisur. Im Gegensatz zu ihrer Schwester trug die, die gerade nach Hause gekommen war, das lange Haar hinter den Ohren zu Schnecken gedreht.

»Kazune, du hast doch sicher schon gespielt, oder? Das genügt doch.«

»Ja, aber du weißt doch, wir spielen ganz verschieden.«

Yuni eilte durch den Flur davon, worauf Kazune sich bei uns mit einer Verbeugung entschuldigte:

»Sie ist bloß kurz Hände waschen und kommt gleich wieder.«

Yuni kehrte bald darauf zurück und löste die Schnecken. Mit ihren offenen Haaren sahen sich die beiden nun zum Verwechseln ähnlich, was mich für einen Moment völlig aus der Fassung brachte.

Yuni setzte sich ans Klavier.

Trotz ihrer äußeren Ähnlichkeit war das jeweilige Spiel der Zwillinge ein völlig anderes. Das Tempo, die Wärme, die Leidenschaft. Yunis Art klang lebhafter, farbenfroher, überbordend. Die Töne hüpften regelrecht. Kein Wunder, dass Kazune daran gelegen hatte, dass Yuni das frisch gestimmte Klavier auch einmal spielte.

Yuni brach abrupt ab und drehte sich zu uns um.

»Ich fände eine etwas hellere Klangfarbe schön«, sagte sie und dann: »Tut mir leid, dass ich Ihnen Umstände mache.«

Ihre Miene wirkte nun ganz ernst, worauf der Gesichtsausdruck der älteren Schwester hinter dem Klavier ebenfalls ernst wurde. Ob sie auch den Wunsch hegte, das Klavier heller zu stimmen? Oder beugte sie sich der Ansicht ihrer Schwester? Yuni erhob sich von ihrem Hocker.

»Vielleicht ist der Klang so eingestellt, dass er nicht zu sehr hallt? Ich glaube, dass diese Unterdrückung ihn dunkler macht.«

Yanagi-san nickte lächelnd.

»Verstehe. Kein Problem, ich werde es regulieren.«

Er stellte die Pedale so ein, dass die Dämpfer ein wenig schneller ansprachen. Allein dadurch wurde der abgemilderte Klang wieder freigesetzt. In dem kleinen Raum wirkte er sofort heller. Aber war das angemessen? Der hellere Klang passte zwar gut zu Yunis quirligem Stil – aber wie wirkte er sich wohl auf die ruhigere Spielweise Kazunes aus?

Nach Yanagi-sans Neujustierung setzte sich Yuni wieder ans Klavier.

»Ja, jetzt klingt es klarer, viel brillanter.«

Sie brach ihr Spiel jedoch sogleich wieder ab und verneigte sich schwungvoll vor Yanagi-san.

»Vielen Dank für Ihre Mühe!«

Ihre Schwester bedankte sich ebenfalls mit einer Verbeugung. Auch bei genauerem Hinsehen glichen sie sich immer noch aufs Haar, sogar in ihrem Gestus konnte man sie kaum unterscheiden. Yuni hatte ein breites Lachen, wohingegen Kazune zurückhaltender wirkte. Und die Art und Weise, wie sie Klavier spielten, unterschied sich gewaltig und unmissverständlich.

Und trotzdem war es möglich, dass sie bei ihrem Klavier denselben Klang bevorzugten? Wäre es nicht viel naheliegender, das Klavier so zu stimmen, dass der Klang beiden Arten, zu spielen, entsprechen würde? Aber wie könnte man als Klavierstimmer dann beiden gerecht werden?

Die Mutter der Zwillinge brachte uns zur Tür.

Wir liefen zum Parkplatz. Die Sonne war bereits untergegangen, aber im Innenraum des weißen Firmenwagens war es noch warm und stickig.

Ich setzte mich hinters Steuer. Nachdem Yanagi-san den Werkzeugkoffer auf dem Rücksitz verstaut hatte, öffnete er die Beifahrertür.

»Also, was denkst du?«, platzte er sogleich heraus, als er sich auf den Sitz neben mir zwängte. Ich wusste nicht genau, worauf er anspielte. Yunis Wunsch nach einem helleren Klang? Ich an seiner Stelle wäre wohl nicht so glücklich darüber gewesen.

»Ich finde es immer so erfrischend, wie sie Klavier spielt«, lachte Yanagi-san. »Ein so temperamentvolles Spiel habe ich schon lange nicht mehr gehört.«

Er warf mir einen flüchtigen Seitenblick zu. »Was für eine Leidenschaft! Da lohnt sich das Klavierstimmen.«

Ich fand es nicht gerade ›erfrischend‹, stimmte ihm jedoch darin zu, dass es leidenschaftlich war.

»Ich hätte allerdings lieber ein richtiges Stück gehört.« Aber dann wäre es wahrscheinlich nicht so einfach gewesen, den brillanteren Klang auszumachen.

Yanagi-san schüttelte jedoch den Kopf.

»Es war eine Chopin-Etüde. Kurz und knackig. Das genügt. Längere Stücke sind für uns nur zeitraubend. Wir sind trotzdem später dran als geplant.«

Eine Chopin-Etüde? Ich war wirklich nicht sehr bewandert in klassischer Musik. Kein Wunder, ich hörte ja auch erst seit zweieinhalb Jahren Klaviermusik. Aber das war ganz sicher nicht Chopin gewesen, auch keine Etüde. Es hatte sich eher wie eine Fingerübung angehört. Aber dann begriff ich.

»Ach so, Sie meinen Yuni! *Sie* hat Chopin gespielt, ja?«

Yanagi-san blickte mich mit großen Augen an.

»Wie – hat dir etwa besser gefallen, wie Kazune gespielt hat?«

Ich nickte. Ich hatte noch nie zuvor jemanden so hingebungsvoll und zugleich besonnen spielen gehört.

»Aber wieso das denn?«, insistierte er. »Kazune spielt doch recht trivial. Zugegeben, es ist fehlerfrei und präzise. Aber das ist auch schon alles. Die interessantere Pianistin von beiden ist doch wohl zweifellos Yuni.«

Trivial? Das sollte trivial sein? Ich hatte ja keine Ahnung davon, deshalb bewunderte ich vielleicht jeden, der überhaupt Klavier spielen konnte. Mir kam erneut das Bild des Kükens in den Sinn, das fiepend seiner Mutter hinterherwackelt.

Ich war das erste Mal beim Stimmen dabei gewesen und hatte zum ersten Mal Kunden Klavier spielen gehört. War es deshalb ein so einschneidendes Erlebnis für mich gewesen?

Nein, besann ich mich sogleich. Ihr Spiel war nicht trivial, sondern offenbarte sich mir als etwas Besonderes.

Eine Abfolge von Klängen, die vielleicht sogar mehr waren als nur Musik. Sie berührten mein Herz. Versetzten mein Trommelfell in Schwingung und verursachten mir eine Gänsehaut.

»Die Kleine ist gut«, beharrte Yanagi-san und fügte gleich hinzu: »Ich meine Yuni.«

Ich nickte. Es stimmte, sie war gut. Ihr Spiel hatte Verve und war abwechslungsreich. Deshalb wunderte es mich, dass sie sich einen noch helleren Klang gewünscht hatte.

»Ach so!«

»Was denn?«, fragte mich Yanagi-san mit einem Seitenblick.

»Der helle Klang.«

Yuni hatte sich den helleren Klang gar nicht für sich selbst gewünscht. Sie kannte die Spielweise ihrer Schwester nur zu gut und hatte erkannt, dass eine ruhige Darbietung nicht unbedingt auf eine dunkle Färbung beschränkt sein muss.

»Jetzt kapiere ich.«

Yanagi-san, der immer noch nicht wusste, wovon die Rede war, schaute mich fragend an.

»Wovon redest du denn? Nun sag schon!«

»Es muss toll sein, eine Schwester zu haben.«

»Besonders eine Zwillingsschwester.«

»Ja.«

»Beide sind gute Pianistinnen und dazu auch noch so hübsch«, rief Yanagi-san gut gelaunt, während er neben mir die Beine ausstreckte.

Obwohl ich das Gefühl hatte, weniger denn je die Qualität eines Klavierspiels richtig beurteilen zu können, war es mein erster und zugleich ein denkwürdiger Hausbesuch gewesen. Die Zwillinge, die Klangfarbe des Klaviers, der Wunsch nach einem helleren Ton. Ich war ganz beflügelt und fest entschlossen, auch weiterhin geduldig zu lernen, Schritt für Schritt.

3

Es lag sicher an den knallroten Früchten der Eiben, dass die Stadt auf einmal so prächtig erschien. Die Straßen waren kaum wiederzuerkennen mit den auffälligen Farbtupfern. Als ich noch in den Bergen lebte, war ich ganz wild darauf gewesen, dass die Früchte der Eiben und Kiwibäume und die Bergtrauben reiften, um mir auf dem Heimweg von der Schule welche in den Mund zu stecken.

»Isst die denn hier niemand?«, fragte ich Yanagi-san, während wir nebeneinander herliefen.

»Hä?«

»Man darf die Früchte doch sicher pflücken?«

»Wovon redest du?«

»Die Eiben. Der Herbst ist dieses Jahr später gekommen«, erklärte ich.

»Du kennst dich ja gut aus.« Yanagi-san schien beeindruckt. »Ich habe überhaupt keine Ahnung von Botanik. Wo hast du das gelernt?«

Gute Frage. Ich bin von Bäumen umgeben aufgewachsen. Erst in diesem Moment wurde mir bewusst, dass ich deren Namen kannte. Es war das Gleiche wie mit Lachsen, Makrelen oder Saiblingen – für mich waren das triviale Kenntnisse, nützlich, aber kein wirkliches Wissen.

»Ich kenne auch bloß den Namen, das ist alles. Das nützt einem doch wenig.«

Viel entscheidender war es in der Bergwelt, das Vokabular von Winden und Wolken zu beherrschen, um Wetterwechsel präzise vorhersagen zu können.

Bäume sind eben Bäume, ob ich nun ihre Namen kannte oder nicht. Im Frühling treiben sie aus, im Sommer sind sie dicht belaubt und im Herbst tragen sie Früchte. Wenn die Früchte reif sind, fallen sie ab. Wenn ich als Kind im herbstlichen Wald spielte, hörte ich Eicheln und Kastanien laut auf den Boden plumpsen. Die Geräusche beruhigten mich. Ob ich nun da war oder nicht, die Früchte fielen herab. Das gab mir ein Gefühl von Sicherheit. Ich spielte friedlich, während die Früchte plumpsten.

Ich erinnerte mich an das eine Mal, als mich mit zehn ein Gefühl der Erlösung überkam, als ich wieder einmal im Herbst durch den Wald streifte. Denn selbst, wenn ich hier zusammenbräche und aufhörte zu atmen, würden weiterhin die Früchte auf die Erde plumpsen. Ich bin frei, dachte ich. Doch dann frischte der Wind auf, ich bekam Hunger und fror und ich wurde an die Zwänge des irdischen Daseins gemahnt.

»Dann kennst du sicher auch alle möglichen Blumennamen?«

»Ich glaube schon.«

»Ganz bestimmt«, bekräftigte Yanagi-san und ergänzte: »Wenn man sich mit etwas nicht auskennt, interessiert es einen meist einfach nicht.«

Obwohl wir über Blumen sprachen, versetzte mir seine Bemerkung einen Stich. Ich hatte das Gefühl, er spielte auf meine mangelnden Musikkenntnisse an. Man muss eben mehr wissen als bloß die Namen von Blumen oder Bäumen, Winden oder Wolken.

Zuvor, als wir einen Kunden besuchten, fragte mich

dieser nach der Klangfarbe eines gewissen berühmten Pianisten, worauf ich passen musste.

»Ich nehme an, wir beide betrachten eine Landschaft mit ganz anderen Augen«, sagte Yanagi-san.

Da hatte er wohl recht. Es gab noch so vieles, worauf ich mein Augenmerk richten musste.

»Es ist doch toll und sehr nützlich, wenn man die Namen der Bäume kennt.«

Versuchte er mich zu trösten? Fürs Stimmen spielte es jedenfalls keine Rolle.

»Sie meinen sicher, dass es gut ist, sich auf vielen Gebieten auszukennen?«

Yanagi-san genoss bei seinen Kunden einen ausgezeichneten Ruf. Das lag natürlich in erster Linie an seiner technischen Versiertheit, aber er war auch ein guter Gesprächspartner, denn er war in der Lage, auf jedes beliebige Thema, das sie anschnitten, einzugehen. Ich für meinen Teil begnügte mich damit, an seiner Seite zu allem nur zu nicken.

»Es geht dabei nicht um Wortgewandtheit oder Bildung, aber es ist nützlich für das Wesen des Stimmens.«

Das Wesen des Stimmens. Was meinte er wohl damit? Ich war immer noch ein blutiger Anfänger in diesem Metier.

»Es ist nämlich außerordentlich wichtig, Dinge benennen zu können, um sich darüber auszutauschen, verstehst du?«

Ich muss ratlos dreingeblickt haben, denn Yanagi-san setzte zu einer Erläuterung an:

»Zum Beispiel ...«

Ich wappnete mich innerlich. Yanagi-sans Vergleiche waren oft sehr weit hergeholt und einigermaßen rätselhaft.

»Magst du Käse?«

»Ja, ich mag Käse.«

Obwohl ich wusste, dass er auf etwas weitaus Komplexeres hinauswollte, plapperte ich ihm bloß nach.

»Ich auch. Ich hatte nie weiter darüber nachgedacht. Aber neulich probierte ich mal ein Stück von einem prämierten Blauschimmelkäse und war hin und weg. Er stank abartig, schien völlig ungenießbar. Dennoch waren eine Menge Leute von dem Käse begeistert und prämierten ihn sogar. Für sie stellte er eine herrliche Delikatesse dar. Geschmack ist eben eine tiefgründige Angelegenheit und nicht zu unterschätzen.«

Während wir weiterliefen, grübelte ich schweigend, worin die Verbindung zwischen Käse und Klavierstimmen liegen mochte.

»Überleg mal, Tomura-kun, was würdest du tun, wenn ein Kunde dich bittet, sein Klavier so zu stimmen, dass es wie Käse klingt?«

Ich blieb stehen und sah ihn an.

»Zuerst würde ich ihn nach der Art des Käses fragen. Hartkäse oder Schmelzkäse? Dann würde ich mich nach dem Reifegrad erkundigen.«

Farbe, Geruch, Konsistenz und natürlich den Geschmack kann man sich bis zu einem gewissen Grad vorstellen. Könnte man darauf basierend einen Ton entwickeln?

»Interessant«, lachte Yanagi-san und nickte anerkennend. »Bist du auf einem Bauernhof groß geworden?«

»Nein.«

Ich lachte ebenfalls.

»Aber bei uns in der Nähe gab es eine Molkerei, wo auch Käse hergestellt wurde.«

Mir fiel ein, dass wir schon einmal eine ähnliche Unterhaltung geführt hatten. Es ging dabei um Eier. Wir sprachen über die feinen Abstufungen unterschiedlich lange gekochter Eier, und je mehr Bilder einem dabei einfielen, umso besser. Damals befanden wir uns ebenfalls auf dem Heimweg von einem Kunden.

»Manche mögen sie weich, andere hartgekocht«, konstatierte ich.

Yanagi-san hatte mich skeptisch angesehen. »Aber selbst in der Kategorie ›weich‹ gibt es wiederum Nuancen: von ziemlich flüssig bis wachsweich. Übrigens, ich mag sie eher cremig mit einer Prise Salz und Olivenöl. Mmh, köstlich!«

Das hatte ich noch nie probiert. Um ehrlich zu sein, kannte ich mich mit Olivenöl nicht aus, ich kaufte auch nie welches.

»Das soll nicht heißen, dass die eine Konsistenz besser ist als die andere, was übrigens auch für hartgekochte Eier gilt. Alles eine Frage der Vorliebe. Man ist ja kein Banause, wenn man nur hartgekochte Eier mag.«

Nein, ganz und gar nicht, zumal ich selbst ein absoluter Fan von hartgekochten Eiern war. Ich empfand es jedes Mal als Hochgenuss, wenn ich mir die bröckelnde, sämige dottergelbe Masse auf der Zunge zergehen ließ.

»Kurz gesagt, es ist immer eine Frage des Geschmacks. Das gilt auch für die Art des Klangs, den man sich für sein Klavier wünscht.«

Aha, darauf wollte er also hinaus. Yanagi-san war offenbar frustriert wegen der Bitte des Kunden, den wir kurz zuvor besucht hatten. Er hatte Yanagi-san darum gebeten, das Klavier so stimmen, dass ein harter Klang dabei herauskam. Seine Vergleiche leuchteten wirklich nicht immer sofort ein.

»Zu gedünstetem Spargel passen pochierte Eier mit festem Eiweiß und weichem Eigelb am allerbesten, denn sie lassen sich quasi als Sauce verwenden. Köstlich! Findest du nicht auch? Die Frage ist, ob der Kunde schon mal pochierte Eier probiert hat und trotzdem hartgekochte will oder ob er lediglich zu lange gekochte Eier kennt und weiterhin darauf besteht. Das ist der springende Punkt.«

Ich konnte ihm gerade so folgen, glaubte aber, ihn einigermaßen verstanden zu haben.

»Wir wissen eben nicht, was der Kunde im Sinn hat, wenn er einen harten oder weichen Klang wünscht.«

Der besagte Kunde wollte unbedingt einen harten Klang, aber als er dann schließlich das Ergebnis hörte, war er unzufrieden. Am Ende ging viel Zeit und Mühe drauf, da der ganze Tonumfang neu gestimmt werden musste.

»Man sollte stets auf der Hut sein, wenn man darum gebeten wird, einen weichen Klang zu erzeugen. Zunächst gilt es herauszufinden, welche Art von Weichheit der Kunde dabei im Sinn haben mag, und ob diese Klangqualität wirklich unabdingbar für ihn ist. Die Technik ist natürlich das A und O, aber vorher sollte man sich genauestens mit ihm darüber verständigen, welcher konkrete Klang dem Kunden vorschwebt.«

Musste das gewünschte Ei acht oder elf Minuten lang kochen? War es die Weichheit einer sanften Frühlingsbrise oder die des Flügelschlags eines Eichelhähers? Und selbst, wenn man sich über das Bild einig wird, ist man noch weit davon entfernt, dass einem als Stimmer die Umsetzung gelingt.

»Sollen wir bloßen Worten misstrauen oder wäre es ein Fehler, genau das zu tun?«

Yanagi-san führte nun eher ein Selbstgespräch, wobei er sinnend in den hohen Himmel blickte, als läge die Antwort in unerreichbarer Ferne. In diesem Fall müsste ich von meinem niedrigen Rang aus noch viel höher und weiter blicken als er. Es verursachte mir Nackenschmerzen, wenn ich in die Unendlichkeit starren musste, weshalb ich meinen Blick auf die Früchte der Eiben zurücklenkte.

Jeder Klavierstimmer ist anders.

Und ebenso seine Verfahrensweisen. Ich war froh, bei Yanagi-san lernen zu dürfen und fragte mich, ob ich irgendwann ebenfalls in der Lage sein würde, diese feinsinnige Empathie für meine Kunden aufzubringen.

Manche sind der Ansicht, dass Worte überflüssig seien. Ein guter Klang sage alles. Es gibt kaum Kunden, die klar und deutlich beschreiben können, was sie sich konkret darunter vorstellen. In diesem Fall sollte man ihnen einfach einen guten Klang präsentieren, und sie werden zufrieden sein. Wäre ich ein Kunde und man fragte mich, welcher Klang mir gefalle, geriete ich auch in Verlegenheit. Worte sind unzuverlässig.

Manchmal versteht man die Kunden besser, wenn man sich ein Stück von ihnen vorspielen lässt oder mit ihnen darüber spricht, welche Art von Musik sie mögen. Auch das Alter und das Können am Klavier spielen eine entscheidende Rolle, ebenso die Beschaffenheit des Klaviers und sein Standort. Aus der richtigen Abwägung all dieser Elemente lässt sich dann der optimale Klang ableiten.

»Es gibt ganz unterschiedliche Typen.«

Die Bemerkung kam von Akino-san. Er war Anfang vierzig, mager und trug eine Silberrand-Brille. Ich wusste, dass er trotz seines relativ fortgeschrittenen Alters eine kleine Tochter und einen neugeborenen Sohn hatte, was vermutlich der Grund war, weshalb er immer so früh wie möglich das Geschäft verließ, auch wenn noch sehr viel Betrieb herrschte. Ich hatte nur selten Gelegenheit, ihm zu begegnen, da wir tagsüber meistens bei Kunden waren. Ich hatte keine Ahnung, auf welche Weise er Klaviere stimmte und Klangfarben erzeugte. Ich hätte ihm gerne einmal beim Stimmen zugesehen.

»Was meinen Sie mit ›Typen‹?«

»Na, die Art von Kunden.«

Gelegentlich nahm er einen Mittagsimbiss im Büro zu sich und holte dafür eine Lunchbox, hübsch eingewickelt in eine Leinenserviette, hervor. Während er das karierte Tuch aufknüpfte, erläuterte er mir seine Ansicht:

»Die meisten Menschen sind bereits zufrieden, wenn das Klavier richtig gestimmt ist und annehmbare Töne von sich gibt. Nur selten verlangt jemand ein spezielles Timbre. Es gibt also anspruchsvolle und weniger anspruchsvolle Kunden. Zwei verschiedene Typen.«

»Hat das denn Einfluss auf das Stimmen?«

»Allerdings«, erwiderte er lakonisch. »Man kann sich quasi den Aufwand sparen, wo er nicht ausdrücklich erwünscht ist.«

»Soll das heißen, Sie kommen nur den Wünschen von Kunden nach, die sich mit Klangfarben auskennen?«

Mein Herz wurde schwer bei dem Gedanken, dass sich all diejenigen, die keine besonderen Ansprüche äußerten, mit einer 08/15-Stimmung begnügen mussten. Eventuell hätten sie ja sonst etwas dazugelernt. Ihnen hätte sich vielleicht eine ganz neue Klangwelt eröffnet, wenn Akino-san sich auf sie eingestellt hätte.

Hätte Itadori-san damals in der Turnhalle den Flügel nur oberflächlich gestimmt, wäre ich heute vielleicht nicht hier. Ich wäre ganz woanders gelandet, an einem Ort, wo Klaviere keine Rolle spielten.

»Noch etwas.«

Akino-san öffnete die Lunchbox, um den Inhalt zu begutachten, bevor er den Kopf hob und sich mir zuwandte.

»Auch die Kundenwünsche sind im Grunde nicht besonders individuell. Man könnte sie mit den immer gleichen Phrasen vergleichen, die man bei einer Weinverkostung bezüglich des Bouquets verwendet.«

»Äh ... pardon, da kann ich nicht mithalten. Ich trinke keinen Wein.«

»Bist du Abstinenzler?«, fragte Akino-san leicht verwundert.

Ich war gerade mal zwanzig. Der einzige Tropfen Alkohol, den ich je gekostet hatte, war *Omiki* gewesen, der Opfer-Sake, von dem man einen Schluck beim Schreinbesuch zum Neujahr oder auf dem Herbstfest trank. Auf meiner Einstandsfeier hier in der Firma hatte ich zum ersten Mal Bier getrunken. Aber ich fand es nicht besonders aufregend. Alle nippten gelangweilt an ihrem Getränk. Zum Glück bedrängte niemand einen Neuling wie mich.

»Auch wenn du keinen Wein trinkst, hast du bestimmt schon mal gehört, wie Leute den Geschmack von Wein beschreiben. Das angenehme Bouquet, ein Aroma wie von Pilzen nach dem Regen oder eine samtige Textur.«

Ich nickte vage.

»Das sind alles feststehende Begriffe. Das ist beim Klang eines Klaviers nicht anders. Wenn wir uns mit den Kunden verständigen, verwenden wir ebenfalls solche Phrasen.«

»Sie meinen so was wie aromatisches Timbre?«

»Ja, so ungefähr. Ein heller Klang, ein klarer Klang. Oftmals ist die Rede von Brillanz. Es wäre wirklich harte Arbeit, sich jedes Mal über die Nuance den Kopf zerbrechen zu müssen, wenn man ein Klavier stimmt. Ein heller Ton ist mit einer bestimmten Erinnerung assoziiert und ein dunkler Ton mit einer anderen. Das reicht völlig aus.«

»Sie wählen also die Technik des Stimmens entsprechend der bildhaften Beschreibung?«

»Genau.«

Akino-san pickte mit den Stäbchen ein rötliches Stück Wurst auf, das in die Form eines Tintenfischs geschnitten war.

»Wir haben es ja mit ganz normalen Leuten zu tun und nicht mit Profis. Mehr, als dass die Töne stimmen, wird nicht verlangt, und alles darüber hinaus wäre verlorene Liebesmüh. Wenn man zu raffiniert vorgeht ...«

Er schob sich das Stück Wurst in den Mund und sprach dann kauend undeutlich weiter:

»... kann nachher keiner mehr auf dem Klavier spielen.«

Niederschmetternde Worte, auf die ich keine Erwiderung parat hatte. Akino-san wollte ursprünglich selbst Pianist werden, hatten die Kollegen mir erzählt. Er hatte an einer renommierten Musikhochschule studiert und war danach eine Zeit lang öffentlich aufgetreten, bevor er sich zum Klavierstimmer weiterbilden ließ.

Hatte er recht? Wäre ein durchschnittlicher Klavierschüler mit einem perfekt gestimmten Klavier überfordert?

Vielleicht war das gar nicht der Fall und es war bloß seine ganz persönliche Ansicht. Aber dennoch bedrückte es mich.

Mit seiner zehnjährigen Berufserfahrung war er immerhin ein alter Hase und davor ein angehender Pianist gewesen. Vielleicht hatte er Dinge erlebt, von denen ich nichts ahnen konnte.

4

Die Tage wurden kürzer. Wenn wir den letzten Kunden verließen, war es draußen bereits dunkel.

»Macht es dir was aus, heute allein zum Geschäft zu fahren? Ich muss direkt nach Hause«, fragte Yanagi-san, als wir uns dem Firmenwagen auf dem Parkplatz näherten.

»Kein Problem. Ich nehme Ihren Trolley mit zurück.«
»Danke dir.«

Die Stimmwerkzeuge wogen einiges. Deshalb hatte Yanagi-san sich statt eines Koffers einen Trolley zugelegt.

»Ich habe heute nämlich noch etwas Wichtiges vor.«
»Ach ja?«

Yanagi-san warf mir einen enttäuschten Blick zu.

»Mann, warum bist du nur so dermaßen zurückhaltend? Jeder andere würde mich doch jetzt neugierig fragen, was denn so wichtig ist!?«

»Entschuldigung! Was ist denn so wichtig?«
»Schon gut«, sagte Yanagi-san, lächelte aber freudig.
»Nun ja …«

Plötzlich wurde er ernst.

»Ich gebe ihr nachher den Ring.«
»Ihr? … den Ring?«, fragte ich verdutzt, begriff dann aber sogleich. »Na dann viel Glück!«

Yanagi-san blickte mich amüsiert an.

»Warum bist du denn so förmlich?«

»Tut mir leid.«

Als ich mich verneigte, musste er lachen.

»Du bist echt schräg.«

Ich hob meine Hand zum Abschied und fuhr dann allein mit dem weißen Firmenwagen los. Die untergehende Sonne tauchte die Silhouetten der Berge in ein zartes Rosa.

Während ich an der Ampel darauf wartete, dass sie auf Grün sprang, überquerte vor mir eine Schülergruppe den Zebrastreifen. Offenbar war gerade Schulschluss in der nahegelegenen Highschool.

Die Hände auf dem Lenkrad, stierte ich vor mich hin, als plötzlich in meinem Augenwinkel eine der Schülerinnen stehen blieb und in meine Richtung sah. Automatisch wandte ich den Blick zu ihr. Ich erkannte sie sofort. Das Mädchen von neulich. Eine von den Zwillingen, die beide so wundervoll Klavier gespielt hatten. Welche, konnte ich auf Anhieb nicht sagen.

Ich nickte ihr durch die Windschutzscheibe zu, worauf sie mir, immer noch auf dem Zebrastreifen stehend, etwas zurief.

»Sie sind doch der Klavierstimmer, nicht?«

Ich kurbelte das Seitenfenster herunter und bejahte ihre Frage. Ich sei aber noch in der Ausbildung. Sie sagte etwas zu ihrer Begleiterin, bevor sie herbeigeeilt kam.

»Ein Glück, dass ich Sie hier treffe. Kazu ... äh ... meine Schwester hat mich vorhin angerufen, dass das a' über dem mittleren c' verstimmt sei. Aber leider kann Yanagi-san heute nicht mehr vorbeischauen, da er wohl zu beschäftigt ist.«

Wenn sie von Kazu sprach, dann musste es Yuni sein, die vor mir stand. Yanagi-san hatte doch besonders ihr

Klavierspiel geschätzt – und trotzdem nahm er sich nicht die Zeit, sich darum zu kümmern? Oder hatte unsere Sekretärin, Kitagawa-san, ihren Anruf entgegengenommen und sie vertröstet?

»Könnten Sie nicht mal einen Blick darauf werfen?«

Ich verspürte große Lust, ihr zu helfen und vor allem, ihr Klavier wieder in Ordnung zu bringen. Aber ich musste ehrlich sein.

»Es tut mir wirklich leid, aber ich beherrsche die Technik noch nicht so gut, dass ich Ihnen da von Nutzen sein könnte.«

»Heißt das, Sie sind gar kein richtiger Klavierstimmer?«

Sie klang offenkundig enttäuscht.

»Doch, das bin ich schon.«

Ich verspürte zwar den Impuls, ein ›aber‹ einzuwenden, doch verkniff ich es mir sogleich. Ich bin Klavierstimmer. Ich bin es. Ich durfte mich nicht herausreden.

»Na, dann könnten Sie doch mitkommen. Bitte!«

Mitten auf dem Zebrastreifen vollführte sie eine übertriebene Verbeugung. Typisch Yuni. Genauso lebhaft wie ihr Klavierspiel.

»Okay, ich sehe es mir an. Bitte geben Sie mir einen Moment.«

Als die Ampel auf Grün sprang, fuhr ich los und hielt ein paar Meter weiter am Straßenrand, um im Büro anzurufen. Kitagawa-san hob ab, und ich erklärte ihr kurz mein Anliegen.

»Soll ich wirklich hin?«

»Es spricht nichts dagegen«, erwiderte sie.

»Na gut, dann übernehme ich. Falls was sein sollte, melde ich mich.«

»Okay. Ich richte es Yanagi-san aus. Als die Kundin vorhin anrief, habe ich ihr gesagt, dass er heute verhindert sei, aber morgen zur Verfügung stünde.«

Kitagawa-san hatte ihm also den Rücken freigehalten. Ich hatte nicht die geringste Vorstellung davon, wie wichtig diese Sache mit dem Ring für Yanagi-san war. Einer Frau einen Ring überreichen. Es hörte sich kinderleicht an, aber für mich schien das in unerreichbarer Ferne zu liegen. Irgendwie passte in mein Bild von Yanagi-san eher, dass er geschäftig einen defekten Hammer an einem Klavier richtete, als dass er sich mit einer Frau verabredete, und dann auch noch, um sich mit ihr zu verloben.

Als ich das Gespräch beendete, hatte Yuni sich bereits von ihrer Begleiterin verabschiedet und wartete auf dem Gehsteig.

»Wollen Sie mitfahren?«, fragte ich sie durchs offene Seitenfenster.

Flink kletterte sie auf den Beifahrersitz.

»Setzen Sie sich doch nach hinten, da ist es sicherer.«

»Nicht nötig, wir sind doch gleich da. Und der Rücksitz ist vollgestellt.«

Stimmt, dort lagen ja unsere Koffer mit den Stimmwerkzeugen.

Ich ließ den Motor an, als sie mit einer schwungvollen Drehung nach dem Sicherheitsgurt griff.

»Oh, da ist etwas heruntergefallen.«

Was sollte das sein?

»Ein hübsches Kästchen.«

Mir fiel nichts dazu ein.

»Mit einer Schleife drum.«

Sie klang aufgeregt.

»Sieht aus wie eine Schmuckschachtel.«

»Wie?«

Ich fuhr an den Straßenrand, machte den Motor wieder aus, zog die Handbremse an und drehte mich um. Tatsächlich! Auf dem Boden vor dem Rücksitz lag ein kleines Päckchen. Es musste Yanagi-san aus der Tasche gefallen sein. Was würde er tun, wenn er bemerkte, dass der Verlobungsring nicht da war? Andererseits hatte ich seiner Unachtsamkeit zu verdanken, dass Yuni nun viel gelöster und heiterer wirkte als zuvor bei unserer Begegnung am Zebrastreifen.

Ich hob das Kästchen auf und stellte es vor uns aufs Armaturenbrett. Die purpurrote Schleife spiegelte sich wie eine Blüte in der Windschutzscheibe.

Das Haus der Familie Sakura befand sich ganz in der Nähe.

»Hallo, ich habe den Klavierstimmer mitgebracht.«

Ihre Zwillingsschwester erschien sofort aus einem der hinteren Zimmer.

»Ach, ein Glück!«

»Nicht wahr? Ich dachte schon, dass ich heute nicht mehr spielen kann und habe Seelenqualen durchgestanden. Ich hätte heute Nacht kein Auge zugetan.«

»Ja, das wäre schrecklich gewesen.«

Ich konnte nicht so recht nachvollziehen, weshalb sie es dermaßen dramatisierten, machte mich aber sogleich ans Werk und hob den Deckel des Klaviers. Als ich die Tonleiter hoch spielte, blieb eine der Tasten auffällig hängen.

»Ah, hier haben wir es«, sagte ich.
»Können Sie es reparieren?«
»Das lässt sich doch richten, oder?«
Die Zwillinge ereiferten sich gleichzeitig.
»Ich denke schon.«
Der Hebel, der die Taste mit dem Hammer verband, klemmte. Eine leichte Anpassung würde ausreichen, damit sie wieder zurückfallen konnte.
»In dieser Jahreszeit muss man auf die Luftfeuchtigkeit achten.«
Das Klavier ist ein Instrument aus Holz mit einer präzisen Mechanik. Den Wetterverhältnissen musste beim Stimmen immer Rechnung getragen werden, so hatte man es uns an der Fachschule eingetrichtert, denn besonders dort, auf der Hauptinsel Honshū, herrschte in den Herbst- und Wintermonaten eine hohe Luftfeuchtigkeit. Dadurch kann das Holz aufquellen. Die Schrauben lockern sich. Die Stahlsaiten rosten. Der Ton ist verstimmt. In Hokkaidō allerdings ist das anders. Auch hier verändert sich der Ton mit der Luftfeuchtigkeit, aber aus dem entgegengesetzten Grund, nämlich infolge von Trockenheit. Die Luftfeuchtigkeit im Winter ist hier sehr niedrig.
»Danke.«
»Ein Glück!«
Die Zwillinge wirkten erleichtert.
»Ich denke, so kann es bleiben.«
Als ich die Taste anschlug, hob sich der Hammer einwandfrei. Eine simple Justierung.
»Darf ich mal?«
»Selbstverständlich.«

Yuni setzte sich ans Klavier. Kazune nahm neben ihr auf dem anderen Hocker Platz, und die beiden legten vierhändig los.

Die Töne perlten durch den Raum. Eine virtuose, quirlige Melodie, die ich nicht kannte. Die Zwillinge spielten äußerst temperamentvoll. Pure Lebenslust funkelte in ihren dunklen Augen, strömte aus den geröteten Wangen und den wippenden Haarspitzen. Sie sprühten vor Energie, die sich über ihre Fingerspitzen auf das Instrument übertrug. Daraus entfaltete sich das Stück. Natürlich hielten sie sich an eine Partitur, die sie nach und nach eingeübt hatten, aber unter ihren Händen wurden die Noten zu ihrer ganz eigenen Musik. Ich hatte das Gefühl, sie spielten für mich.

»Bravo!«

Ich applaudierte stürmisch.

Doch selbst das erschien mir irgendwie zu dürftig, ihrer Darbietung fast unwürdig.

»Vielen Dank!«

Die Zwillinge verneigten sich mit einem huldvollen Lächeln.

»So begeistert war noch nie jemand von unserem Spiel.«

»Das ist schön, nicht wahr?«

»Ja.«

Eine Schwester rieb sich die Wange, die andere kratzte sich verlegen am Kopf. So langsam konnte ich sie auseinanderhalten.

»Na, dann mache ich mich mal wieder auf den Weg.«

Ich wollte gerade aufbrechen, als die beiden mich zurückhielten.

»Vielleicht liegt es ja an der Trockenheit, aber die Tonlage klingt irgendwie höher als sonst.«

»Ja, das ist ein bisschen beunruhigend«, eiferte sich nun auch die andere.

Eine leichte Abweichung war auch mir aufgefallen, aber ich fand es nicht sonderlich beunruhigend. Vielleicht wäre es auch ohne einen großen Eingriff zu regulieren, für den nur Yanagi-san in Frage käme.

Aber nun war ich in der Zwickmühle. Ihr Spiel hatte mich über die Maßen begeistert. Ob ich es auch allein schaffte? Ich brauchte doch nur eine minimale Veränderung vorzunehmen, damit die beiden nach Herzenslust weiterspielen konnten. Ich machte mich also an die Arbeit.

Jedes Klavier ist anders. Aber dieses Wissen half mir jetzt nicht. Dieses Klavier war neu für mich. Die Luft im Zimmer war sehr trocken. Zwar nicht zu warm, aber ich schwitzte. Ich wollte mir die Aufregung nicht anmerken lassen, aber meine Finger zitterten. Ich drehte die Stifte zu weit, eine leichte Justierung hätte genügt. Beim Zurückschrauben rutschte ich ab. Die normalerweise unkomplizierte Prozedur nahm absurd viel Zeit in Anspruch. Noch ein bisschen … noch ein bisschen …, beschwor ich mich, aber der Ton verfehlte die gewünschte Richtung. Es klang verstimmt. Je mehr ich einzugreifen versuchte, desto schwieriger war es, die Tonlage zu erfassen. Die Zeit raste dahin wie im Flug, und ich war schweißgebadet. Alles, was ich je gelernt, mir täglich im Geschäft angeeignet hatte, war nun wie weggeblasen.

In dem Augenblick vibrierte mein Handy in der Brusttasche. Ich trat einen Schritt zurück und schaute auf das Display. Yanagi-san. Die Person, die mir gerade am ungelegensten kam, die ich aber zugleich am meisten herbeisehnte.

»Entschuldige die Störung. Der Ring ...«

»Sie haben ihn im Auto liegenlassen«, kam ich ihm zuvor.

»Ach, ein Glück. Ich war schon total verzweifelt.«

Kurz darauf fragte er in argwöhnischem Ton:

»Hey, was ist los, Tomura-kun? Nun sag schon.«

Hatte er telepathische Fähigkeiten? Spürte er, dass ich in der Klemme saß? Ich fasste mir ein Herz.

»Yanagi-san, verzeihen Sie mir. Könnten Sie mir den Gefallen tun und gleich morgen früh einen Termin zum Klavierstimmen einschieben?«

Es hatte mich meinen ganzen Mut gekostet und ich verneigte mich zutiefst am anderen Ende der Leitung.

»Ich bin gerade bei den Sakuras, um einen Fehler zu beheben, aber ich habe zu viel am Klavier rumgemurkst.«

Nach kurzem Schweigen sagte er: »Okay.«

Ich fühlte mich blamiert. Es war unverzeihlich. Die Zwillinge, die heute unbedingt noch spielen wollten, hatten mich zu sich gelotst, aber ich hatte alles vermasselt. Auch vor den Mädchen schämte ich mich. Nun konnten sie heute gar nicht mehr spielen. Es tat mir auch leid für Yanagi-san. Es tat mir leid für das Geschäft. Morgen mussten wir den Schaden wieder beheben, ohne unsere Arbeit in Rechnung zu stellen.

»Aber ...«, meldete sich eine von beiden, nachdem sie die ganze Zeit in der Ecke gestanden und mich beobachtet hatten. Wahrscheinlich Yuni. Sie trat mit schnellen Schritten neben mich.

»Ich finde den Klang ausgesprochen schön.«

Sie spielte das a' über dem mittleren c' und der Ton klang klar und unbefangen, weit entfernt von meinem Erregungszustand.

»Und auch der Ton klingt sauber.«

Pling ... Sie hatte die Taste danebenangeschlagen. Ping ... pling ... und weitere Töne der Tonleiter.

»Vielleicht halten Sie mich für vorlaut, aber ich habe gleich gewusst, was Ihnen vorschwebt. Es ist ein vornehmer Klang. Genauso, wie ich ihn mir gewünscht habe. Obwohl Sie es misslungen finden, mir gefällt das Ergebnis. Ich denke, da fehlt nur noch ein ganz kleines bisschen.«

Kazune meldete sich nun auch zu Wort:

»Wenn Sie alles zu korrekt aufeinander abgestimmt hätten, wäre ich wahrscheinlich enttäuscht gewesen und hätte den Klang als dumpf und fade empfunden. Aber so klingt es kühner, fast ein bisschen aufsässig. Mir gefällt das.«

Kühn? Aufsässig? War das etwa meine eigene Revolte? Ich biss mir auf die Unterlippe. Nein, so etwas hatte ich nicht im Sinn gehabt. Ich hatte einfach nur meine Kompetenzen überschritten.

»Es tut mir so leid.«

Als ich mich demütig verneigte, war mir zum Heulen zumute.

»Gleich morgen früh kommt Yanagi-san zu Ihnen. Ich bitte Sie nochmals um Verzeihung.«

»Aber nein. Wir haben Sie doch dazu überredet.«

Ich verneigte mich nochmals, bevor ich die Wohnung verließ. Mein Werkzeugkoffer fühlte sich zentnerschwer an.

Verdammter Mist! Ich hatte kein Recht, mich über Akino-sans Vorgehensweise zu mokieren. Dafür war ich mindestens hundert Jahre zu jung.

Ich trat aus dem Mietshaus und ging zum Parkplatz hinüber, wo der weiße Lieferwagen mit dem Kästchen auf dem Armaturenbrett stand.

An diesem Abend war unerwartet und plötzlich die Temperatur gefallen. Die Windschutzscheibe beschlug immer wieder. Mehrfach von hupenden Autofahrern bedrängt, fuhr ich im Schneckentempo zur Firma zurück.

Als ich dort ankam, bemerkte ich, dass die Rollladen im Erdgeschoss bereits heruntergelassen waren, aber im ersten Stock noch Licht brannte. Es war zwar nicht sehr spät, aber an Tagen, wo kein Klavierunterricht stattfand, schloss der Verkauf schon um 18:30 Uhr. Ich wollte ungern jemandem begegnen. Ich nahm den Personaleingang und bugsierte die beiden schweren Koffer die Treppe hinauf. Als ich die Tür öffnete, traf ich ausgerechnet heute auf Itadori-san. Er hatte noch das Jackett an, das er bei Kundenbesuchen zu tragen pflegte. Ich traute mich nicht, ihm direkt ins Gesicht zu sehen. Obwohl ich ihn doch so sehr bewunderte. Obwohl es noch so vieles gab, was ich von ihm lernen konnte. Meine technischen Fähigkeiten rangierten nach wie vor unter Anfängerniveau. Insofern war es im gegenwärtigen Stadium illusorisch, dass Itadori-san mir etwas beibringen könnte.

»Hallo, einen angenehmen Feierabend wünsche ich.«

Seine sanfte Stimme klang freundlich. Ich schüttelte bloß den Kopf. Hätte ich etwas gesagt, wäre ich wohl gleich in Tränen ausgebrochen.

»Was ist denn los?«

»Itadori-san …«

Meine Stimme zitterte.

»Was kann ich bloß tun, um besser zu werden?«

Was für eine törichte Frage! Ich beherrschte ja noch nicht einmal die Grundlagen. Was faselte ich da von besser werden? Es war vereinbart, dass ich sechs Monate lang Yanagi-san als Assistent begleiten sollte, um nur beim Zuschauen zu lernen. Und nun hatte mein Übereifer Schaden angerichtet. Ich dachte an Orpheus in der Unterwelt, der kurz vor der Rettung seine Geliebte im Totenreich zurücklassen musste, weil er sich nicht hatte gedulden können.

»Tja, wie soll ich sagen …«

Itadori-san stockte. Er wirkte nachdenklich, doch es blieb unklar, ob er tatsächlich einen Gedanken an meine Frage verschwendete.

Mir kam plötzlich der Klang in den Sinn, der mich damals so berührt hatte. Als ich zum ersten Mal ganz bewusst einem Klavierton lauschte. Die Suche danach hatte mich hierhergeführt. Aber ich war diesem Ton kein Stück nähergekommen. Vielleicht würde das auch nie geschehen. Auf einmal hatte ich Angst. Panik, mich in einem undurchdringlichen Wald zu verlaufen.

Was soll ich bloß tun?, wollte ich ihn anflehen, aber er kam mir zuvor:

»Wie wär's damit?«

Itadori-san reichte mir einen Stimmschlüssel. Es war unser wichtigstes Werkzeug, das, mit dem man die Stimmwirbel für die Tonhöhe durch Festzurren oder Lösen justierte.

»Möchtest du ihn ausprobieren?«

Ich packte den Griff. Der Schlüssel wog schwerer als erwartet, lag aber gut in meiner Hand.

»Ich schenke ihn dir.«

Ich war so verblüfft, dass ich ihn ganz verdattert ansah.

»Hast du etwa schon einen?«

»Nein, nein«, erwiderte ich, immer noch völlig perplex.

Der Wald ist tief. Aber nun wurde mir klar, dass ich nicht mehr umkehren wollte.

»Er sieht so schlicht aus.«

»Er sieht nicht nur so aus, sondern es ist auch ein einfaches Werkzeug. Also bitte, behalte ihn. Mein Geschenk zur Feier des Tages.«

Er nickte freundlich.

»Aber was gibt es denn zu feiern?«

Ausgerechnet heute. Soweit ich mich erinnern konnte, war es der schlimmste Tag meines Lebens.

»Als ich dich vorhin sah, hatte ich irgendwie das Gefühl, dass du nun auf dem besten Weg bist. Das kann man doch feiern.«

»Vielen Dank.«

Mir versagte fast die Stimme. Itadori-san versuchte mir Mut zu machen. Ich stand am Rande des Waldes, und er forderte mich auf, ihn zu betreten.

Ich hatte mir so oft gewünscht, einmal so geschickt mit dem Stimmschlüssel umgehen zu können wie Itadori-san. Wann immer es sich ergab, beobachtete ich ihn verstohlen, wenn er damit hantierte. Voller Neugier zu erfahren, welche Werkzeuge er wie benutzte, um einen bestimmten Klang zu erzeugen. Aber ich hätte niemals damit gerechnet, dass er mir eines davon anvertraute.

»Itadori-san, darf ich Ihnen eine Frage stellen?«, sagte

ich, den Stimmschlüssel mit der rechten Hand fest umklammernd.

»Welche Art von Klang streben Sie an?«

Diese Frage hatte ich mich bisher nie zu stellen getraut. Sie hatte mir zwar immer auf der Seele gebrannt, ich hatte sie aber nie in Worte zu fassen gewusst. Doch nun sehnte ich mich nach einem Hinweis, wie ich den dichten Wald durchqueren konnte.

»Tomura-kun, ist dir Tamiki Hara ein Begriff?«

Tamiki Hara. Irgendwo hatte ich den Namen schon mal gehört. Bestimmt kein Klavierstimmer. Vielleicht ein berühmter Pianist?

»Er hat einmal gesagt ...«

Itadori-san räusperte sich.

»Hell, ruhig und klar, an wehmütige Erinnerungen rührend, zugleich aber mit einer milden Strenge in die Tiefe gehend. Schön wie ein Traum und greifbar wie die Wirklichkeit.«

Mir war nicht so ganz klar, was er meinte. Aber dann fiel es mir ein.

Tamiki Hara. Ein Schriftsteller. Wir hatten damals an der Highschool einmal ein Gedicht von ihm durchgenommen.

»Das war seine Maxime für die Literatur. Ich war davon wie elektrisiert. Er bezog sich auf Texte, und doch war das die perfekte Beschreibung für die Art von Klang, die mir als Ideal vorschwebte.«

»Verzeihen Sie, aber würden Sie es für mich wiederholen?«

Ich wollte mir die Worte notieren.

»Gern.«

Itadori-san straffte sich in seinem schon leicht verschlissenen Jackett und räusperte sich erneut.

»Hell, ruhig und klar, an wehmütige Erinnerungen rührend, zugleich aber mit einer milden Strenge in die Tiefe gehend. Schön wie ein Traum und greifbar wie die Wirklichkeit.«

Ja, das war es. So musste ein Klavier klingen. Hell, ruhig, klar, wehmütig. Mit einer milden Strenge in die Tiefe gehend. Ein Klang, schön wie ein Traum, doch greifbar wie die Wirklichkeit.

Genau diesen Klang traf Itadori-san beim Stimmen. Dieser Klang hatte mein Leben verändert. Er war der Grund, warum ich hier war. Nachdem ich damals diesen Klang in der Turnhalle vernommen hatte, hatte ich die Highschool abgeschlossen, eine zweijährige Fachausbildung zum Klavierstimmer absolviert, bis ich vor sechs Monaten hier eine Anstellung fand. Seit dem Tag in der Turnhalle waren vier Jahre vergangen. Nun war ich hier. Von hier aus musste ich meinen Weg fortsetzen.

»Oh.«

Itadori-san hob seinen Blick, als plötzlich die Tür aufgerissen wurde. Yanagi-san trat ein.

»Yanagi-san.«

Sichtlich verärgert stürmte er auf mich zu und schnappte sich seinen Trolley.

»Auf geht's!«

Wohin?, hätte ich fast gefragt, aber ich wusste es natürlich. Hastig griff ich nach meinem eigenen Werkzeugkoffer.

»Aber heute ist doch Ihr wichtiges ...«

Yanagi-san schnitt mir das Wort ab:

»Da ich den Ring nicht bei mir hatte, musste ich ohnehin noch mal hierher. Ich gehe dann später zu ihr. Jetzt lass uns das fix über die Bühne bringen.«

So fix war das wohl nicht zu schaffen. Und das wusste Yanagi-san allzu gut.

»Es tut mir unheimlich leid«, sagte ich kleinlaut.

»Ach, das kann jedem Neuling passieren. Das ist nun mal so. Du warst nur etwas übereifrig.«

Daraufhin verabschiedete er sich mit einem Nicken von Itadori-san: »Wir müssen los.«

Ich folgte ihm, den schweren Koffer in der rechten, den neuen Stimmschlüssel in der linken Hand.

Ich drehte mich noch mal zum Abschied nach Itadori-san um, der bereits dabei war, mit aufgeknöpftem Jackett und hochgekrempelten Ärmeln seine Werkzeuge zu polieren.

5

Er stach ein paar Mal die Nadel in den mit Filz bespannten Hammer.

Nach weiteren behutsamen, aber zielsicheren Stichen brachte Yanagi-san ihn wieder in seine Ausgangsposition zurück. Dann widmete er sich dem Hammer daneben. Eins, zwei, drei. Ich merkte mir die Anzahl der Stiche, obwohl ich weiß, dass dies nicht entscheidend ist. Es zählte vielmehr die Platzierung der Nadel, die Richtung, der exakte Winkel und die Tiefe, was eine hochgradige Präsenz der Sinne erforderte.

Die heutige Auftraggeberin wollte ihr altes Klavier wieder in Schuss bringen lassen. Dessen ramponierter Zustand schien ihr äußerst peinlich zu sein, so, wie sie den Kopf einzog, als sie uns zu dem Instrument führte. Zumindest äußerlich sah es gepflegt aus und passte gut in das altmodisch eingerichtete Zimmer. Es handelte sich um ein Standklavier von einem regionalen Hersteller, der inzwischen nicht mehr existierte.

Es war lange nicht gespielt und erst recht nicht gestimmt worden, aber der Glanz verriet, dass es regelmäßig staubgewischt und sorgfältig poliert wurde.

Als Yanagi-san und ich ins Zimmer traten, fragte uns die alte Dame unumwunden:

»Glauben Sie, dass Sie es wieder so hinkriegen, wie's mal war?«

Yanagi-san nickte.

»Ich werde mich bemühen«, versicherte er ihr.

Ohne ihr zu viel zu versprechen, hatte er lediglich gesagt, er werde sich bemühen. Bevor er nicht einen Blick in das Innenleben des Klaviers geworfen hatte, konnte er das unmöglich garantieren. Falls sein tatsächlicher Zustand nicht dem gepflegten Äußeren entsprach, reichte wahrscheinlich das Stimmen nicht aus, sondern es würden außerdem umfangreiche Reparaturen anstehen.

Die Kundin schien jedoch mit Yanagi-sans Antwort zufrieden zu sein. Sie steckte einen Messingschlüssel in das Deckelschloss und öffnete es mit einem Klicken.

Die Elfenbeintasten waren stark vergilbt. Yanagi-san schlug einige an, um die Töne zu prüfen. Sie gaben einen dumpfen Klang von sich. Die Intervalle waren verstimmt, aber wiederum nicht so stark wie erwartet. Yanagi-san spielte mit beiden Händen über zwei Oktaven, löste dann vor den Augen der Kundin flink die Schrauben der Frontabdeckung und legte das Paneel auf den Boden. Er begutachtete Saiten und Hämmer und drehte sich mit einem Lächeln um.

»Sie hatten gefragt, ob ich den ursprünglichen Zustand wieder hinkriege?«, sagte er mit sanfter Stimme.

Die Kundin nickte.

»Ich denke schon, dass wir das schaffen werden. Und ich glaube sogar, dass wir mit ein paar weiteren Anpassungen einen noch besseren Klang als ursprünglich aus ihm herausholen könnten«, beruhigte er sie und fügte hinzu: »Natürlich nur, wenn Sie es wünschen. Wir können es in den Originalzustand zurückversetzen oder einen Klang herstellen, den Sie aktuell bevorzugen.«

Die Kundin fuhr sich mit den Händen durch ihr ergrautes Haar, als sie über den Vorschlag nachdachte.

»Tja, wenn ich das wüsste«, sagte sie zögerlich. »Beides wäre machbar?«

»Ja, das versichere ich Ihnen. Wir richten uns ganz nach Ihren Wünschen.«

Die alte Dame wirkte nun sichtlich erleichtert.

»Dann richten Sie es doch bitte so her, wie es mal war«, sagte sie erfreut.

»Gern.«

Und als wäre ihm die Frage gerade erst eingefallen, erkundigte er sich:

»Wer hat denn früher auf dem Klavier gespielt?«

»Meine Tochter. Sie hat es schon aufgegeben, bevor sie überhaupt richtig spielen konnte. Na ja, kein Wunder, mein Mann und ich hatten gar nichts damit am Hut.«

Dann fuhr sie verlegen fort:

»Als meine Tochter noch darauf gespielt hat, haben wir uns nicht groß darum gekümmert. Das Klavier war vermutlich nie in seinem bestmöglichen Zustand. Deshalb habe ich ein schlechtes Gewissen, wenn ich Sie darum bitte, es so herzurichten, wie es mal war, obwohl Sie mir angeboten haben, es noch besser klingen zu lassen.«

Ich hätte ihr gerne widersprochen, schüttelte aber bloß den Kopf hinter Yanagi-sans Rücken. Die Entscheidung über den Klang des eigenen Klaviers blieb jedem selbst überlassen. Ich verstand ihren Wunsch durchaus, dass sie den Klang von damals herbeisehnte, als ihre Tochter noch Klavier spielte.

»Gut, dann werde ich mich jetzt ans Werk machen. Es wird etwa zwei bis drei Stunden dauern. Sie brauchen sich nicht um uns zu kümmern. Falls ich eine Frage habe, werde ich Sie rufen.«

Yanagi-san nickte ihr zu, ich verneigte mich hinter ihm.

Als die alte Dame sich zurückgezogen hatte, machte sich Yanagi-san sofort an die Arbeit. Zusätzlich zum üblichen Stimmen der Töne musste diesmal auch eine Intonation für die Gestaltung der Klangfarbe vorgenommen werden.

Zuerst entfernte Yanagi-san die gesamte Reihe an Hämmern und den Holzrahmen. Wenn man die Tasten drückt, heben sich die Hämmer und schlagen gegen die vertikal aufgespannten Saiten – so funktioniert der Mechanismus, um einen Klang zu erzeugen. Die Hämmer sind mit Filz aus gehärteter Schafwolle bespannt, der weder zu hart noch zu weich sein darf. In zu hartem Zustand würde der Ton scheppern und klirren, während ein zu weiches Material dumpfe Geräusche erzeugt. Um die Hämmer zu optimieren, wird der Filz mit einer feinkörnigen Feile geschmirgelt und mit Nadelstichen elastischer gemacht.

Das ist die Crux an der Sache und wegen der absoluten Präzision ein äußerst diffiziler Vorgang. Das Feilen und Stechen muss haargenau abgestimmt werden. Es gibt Stellen, die gefeilt und andere, die gestochen werden. Die Hände müssen dafür ein feines Gespür entwickeln. Es gilt, jeden einzelnen Hammer millimetergenau mit Feile und Nadel zu bearbeiten, was sich bei jedem Klavier anders gestaltet. Ein aufwendiger Prozess, der viel Geduld und Zeit erfordert.

Bei der kleinsten Unvorsichtigkeit ist der Hammer ruiniert. Es ist nervenaufreibend, aber auch befriedigend. Ich wünschte, ich hätte eines Tages diese Fingerfertigkeit, die ich jetzt bei Yanagi-san beobachtete. Die Eigenheit eines Klaviers herausfinden, den persönlichen Geschmack des Spielenden erkunden und daraus dann den geeigneten Klang erschaffen. Das Ergebnis von Yanagi-sans Intonationsarbeit war fantastisch. Kein pompöser Klang, sondern leichte, beschwingte Töne. Ich begriff, dass auch der Charakter des Stimmers Einfluss auf die Stimmung des Klaviers hat.

»Ach, wie schön!«

Die alte Dame lächelte verzückt, als Yanagi-san ihr ein paar Takte vorspielte.

»Nun ist der alte Klang wieder da und das Zimmer wirkt auf einmal viel heller.«

Es tat gut, die alte Dame so glücklich zu sehen, auch wenn es nicht mein Verdienst war. Die Freude zufriedener Kunden ähnelt der Freude, die man über wild wachsende Blumen am Wegesrand empfinden kann. Sie macht für mich den Reiz dieser Arbeit aus.

»Sie haben diesmal sehr viele Stiche mit der Nadel gemacht, nicht wahr?«, fragte ich ihn auf der Rückfahrt zum Geschäft.

Yanagi-san lehnte sich auf dem Beifahrersitz zurück, er wirkte erschöpft. Kein Wunder, nachdem er volle drei Stunden hochkonzentriert gearbeitet hatte.

Mir tat es zwar leid, ihn trotz seiner Müdigkeit mit meiner Frage zu behelligen, aber ich wollte unbedingt genaueren Einblick in seine Technik.

Hätte ich die Hände nicht am Steuer gehabt, hätte ich mir gern Notizen gemacht. Es gab immer wieder etwas, das ich von ihm lernen konnte.

»Die Einstiche waren nötig, um den alten Zustand wiederherzustellen, oder? Waren die Hämmer denn früher bereits einmal gestochen worden? Sofern man es nicht mit bloßem Auge erkennen kann, lassen sich die Löcher ertasten?«

»Nein.« Ohne sich aufzusetzen, rollte Yanagi-san die Augen in meine Richtung.

»Die Hammerköpfe waren überhaupt nicht angestochen. Sie sind zwar alt, aber vom Zustand noch wie neu. Offenbar gehörte der Stimmer damals der Fraktion an, die keine Stiche vornehmen.«

»Aha.«

Es gibt unter Klavierstimmern nämlich zwei Lager: diejenigen, die die Nadeltechnik anwenden, und diejenigen, die nichts davon halten. Der metallische Klang von neuen Hämmern wird weicher und satter, wenn man sie mit der Nadel einsticht, aber wenn man diese dabei falsch platziert, tritt keine Verbesserung ein, sondern es klingt noch metallischer. Viele Klavierstimmer wagen sich deshalb an die Nadeltechnik nicht heran, denn bei aller Mühe ist sie auch recht riskant.

»Und wieso haben Sie dann dermaßen häufig gestochen?«

»Weil ich wusste, dass es so besser klingen würde.«

Als ich ihn verwundert anblickte, sagte er bloß lapidar:

»Es ist eine Schande, ein Klavier verrotten zu lassen. Man muss darauf spielen.«

»Aber weicht der neue Klang dann nicht vom ursprünglichen ab?«

»Wenn man nur die reine Klangfarbe isolieren und mit der alten vergleichen würde, dann sicherlich.«

Aber die Kundin hatte doch ausdrücklich um Wiederherstellung des alten Zustands gebeten.

»Was bedeutet schon der ›ursprüngliche‹ Klang? Viel wichtiger als die im Gedächtnis verankerte Akustik sind doch die Erinnerungen an ebenjene Zeit. An die glücklichen Tage, als ihre Tochter noch da war und Klavier spielte. Es ging ihr doch gar nicht um die getreue Wiederherstellung des Originaltons, sondern um die glücklichen Erinnerungen. Diesen Originalton gibt es ohnehin nicht mehr. Deshalb entschloss ich mich, dem Klavier zu seinem ureigenen Klang zu verhelfen. Wenn die Töne sanft klingen, folgen ihnen die Erinnerungen.«

Ich schaute beim Fahren stur geradeaus und wusste nichts darauf zu erwidern. War das die richtige Entscheidung gewesen? Und was hätte ich an seiner Stelle getan? Hätte ich mich an den Wunsch der Kundin gehalten? In dem Fall wäre allerdings die Gelegenheit verpasst worden, dem Klavier seinen eigenen vollen Klang zu verleihen. Denn der wahre Reiz für einen Stimmer lag doch darin, sich über die Verwirklichung von Kundenwünschen hinauszuwagen? .

»Das waren übrigens gute Hämmer.«

Yanagi-sans Stimme klang heiter.

»Ja, das fand ich auch. Sie hätten eigentlich verhärtet sein müssen, aber man hatte immer noch das Gefühl von Wolle«, stimmte ich ihm zu.

Schafswolle an den Köpfen der Hämmer schlägt auf Saiten aus Stahl. Und das wird zu Musik.

Die weißen Hämmer, die Yanagi-san behutsam mit der Nadel durchbohrt hatte, würden nun trotz ihres Alters gute Dienste leisten.

»Ich habe gehört, dass in einigen Ländern im Nahen Osten Schafe ein Symbol für Reichtum sind.«

Yanagi-san faltete seine Hände hinter dem Kopf.

»Na ja, vermutlich können sich eben nur die Reichen große Schafherden leisten, oder?«

»Stimmt.«

Da ich in der Nähe einer Schaffarm aufgewachsen bin, habe ich damals ganz unbewusst das Vieh auch vor allem in Bezug auf seinen materiellen Wert betrachtet. Aber wenn ich jetzt an Schafe denke, dann habe ich eine grüne Aue vor Augen, wo ein leichter Wind geht und die Tiere friedlich grasen. Gute Schafe geben einen guten Klang. Das ist wahrhaftiger Reichtum. Aber für manche meiner Zeitgenossen ist das wohl eher eine Stadt mit imposanten Wolkenkratzern.

6

Gelegentlich kamen die Schwestern nach Schulschluss in den Laden. Entweder nur eine von ihnen oder alle beide. Unser Geschäft lag genau auf ihrem Heimweg.

Seit dem Tag, als ich beim Stimmen ihres Klaviers versagt hatte, verhielten sie sich mir gegenüber nicht mehr so zurückhaltend. Sie kamen ohne besonderes Anliegen vorbei, nur um Hallo zu sagen, in ein paar Partituren in unserer Bücherecke zu blättern, und wenn nicht über das Klavier, dann über banale Schulangelegenheiten zu plaudern, bevor sie nett lächelnd wieder von dannen zogen.

»Verzeihung, dass wir Sie von der Arbeit abgehalten haben.«

Kitagawa-san fand es hinreißend, wenn sich die beiden gleichzeitig zum Abschied vor mir verneigten.

»Nicht schlecht, wenn man Hausstimmer bei Oberschülerinnen ist, was?«

Eigentlich waren die beiden ja Yanagi-sans Kundinnen. Und außerdem hatte ich es neulich vermasselt.

Eines Tages wurde ich zum Empfang gerufen, was nur selten vorkam. Als ich hinunterging, wartete dort eine von den Zwillingen auf mich. Vom Aussehen her konnte ich sie immer noch nicht auseinanderhalten. Als sie mich bemerkte, verbeugte sie sich mit ernster Miene.

»Guten Tag. Entschuldigen Sie die Störung.«

»Kein Problem.«

Es musste Kazune sein. Kazune blickte immer etwas ernster drein als ihre Schwester.

»Es ist mir sehr unangenehm.«

Noch einmal verbeugte sie sich abrupt.

»Aber nein! Das ist schon in Ordnung. Was ist denn los?«

Auf meine Frage hin presste Kazune die Lippen noch fester zusammen.

»Ich bin hergekommen, um Ihren Rat zu erbitten, Tomura-san.«

Nach einer weiteren tiefen Verbeugung fuhr sie fort: »Demnächst haben wir ein kleines Konzert.«

»Ach wirklich?«

»Hat Yuni nichts davon erzählt?«

Yuni hatte vor ein paar Tagen hier vorbeigeschaut, aber nichts dergleichen erwähnt. Als ich den Kopf schüttelte, senkte Kazune den Blick.

»Yuni war schon immer so. Sie ist sehr selbstsicher. Nichts kann ihr etwas anhaben, selbst ein bevorstehender Auftritt bringt sie nicht aus der Ruhe. Sie will einfach nur Spaß haben, und kann dann selbst bei einem Konzert völlig ungezwungen spielen. Wenn sie mal keine Lust hat zu üben, lässt sie es einfach bleiben. Ich bin da völlig anders. Ich muss einfach üben.«

»Erstaunlich.«

»Ja, Yuni ist wirklich bewundernswert.«

»Ich meinte eigentlich Sie, Kazune«, sagte ich aufrichtig.

»Nein, ganz und gar nicht«, widersprach sie mir sofort.

Sollte man sich zum Üben zwingen müssen? Ich konnte da nicht mitreden, da ich nicht Klavier spielte. Aber war es denn nicht bewundernswert, wenn man übte, obwohl man eigentlich keine Lust dazu verspürte?

»Ich übe gern. Es macht mir Spaß, ein unbekanntes Stück einzustudieren. Wenn ich daheim etwas vorspiele, loben mich meine Eltern und auch mein Klavierlehrer dafür.«

Kazune erwähnte es ganz nüchtern, ohne arrogant zu wirken. Das Lob schien ihr nicht allzu viel zu bedeuten. Wahrscheinlich tat sie gut daran. Man sollte nicht auf Lob aus sein, wenn man Klavier spielte.

»Aber wenn es um öffentliche Auftritte geht, ist immer Yuni diejenige, die glänzt, selbst wenn ich besser vorbereitet sein sollte. Seien es Aufführungen oder Wettbewerbe im kleinen Format, sie heimst stets den meisten Applaus ein.«

Das konnte ich gut nachvollziehen. Yunis Spiel ließ die Herzen höherschlagen.

Ich musste plötzlich an meinen kleinen Bruder denken, der zwei Jahre jünger ist als ich. Wenn wir daheim Schach spielten, schlug ich ihn jedes Mal, aber beim städtischen Turnier schnitt er immer besser ab. Es war aber nicht so, dass er sich beim Spiel daheim keine Mühe gegeben hätte. Manche blühen eben einfach erst vor Publikum richtig auf oder können sich eher bei Wettkämpfen richtig gut fokussieren.

»Soll das heißen, dass Sie bei öffentlichen Auftritten versagen?«

»Nein.«

Kazune nahm eine entschlossene Haltung an.

»Yuni ist einfach weiter als ich. Vor Publikum trumpft

sie auf. Sie hat Charisma. Da entfaltet sich erst ihr Temperament. Sie versteht es, die Zuhörer in ihren Bann zu ziehen.«

»Aber das ist doch beides in Ordnung? Sie selbst können vor Publikum nicht unter Beweis stellen, wozu Sie wahrhaftig fähig sind. Also überlassen Sie Yuni die Show. So bleiben Sie sich selbst treu. Das ist doch völlig in Ordnung?«

»Das stimmt.«

Ihre Lippen entspannten sich endlich zu einem Lächeln.

»Ich kann ja vor Publikum spielen, ohne mich zu blamieren. Insofern kann ich unbesorgt sein, nicht?«

Um ehrlich zu sein, hatte ich meinen Bruder dafür gehasst. Ich war insgeheim eifersüchtig auf ihn, wenn er mir wieder einmal den Rang ablief, der eigentlich mir gebührt hätte, obwohl ich äußerlich so tat, als würde es mir nichts ausmachen.

»Ich verschwende Ihre Zeit mit dem Nachgrübeln über unnütze Dinge. Wer weiß denn schon, ob es eine Frage der Übung oder des Talents ist. Man sollte darüber nicht die Dinge aus dem Blick verlieren, auf die es eigentlich ankommt. Entschuldigen Sie bitte.«

Kazune verabschiedete sich von mir, indem sie sich noch zweimal tief vor mir verneigte und verließ dann das Geschäft.

Ich wünschte mir inständig, dass Kazune nicht eifersüchtig auf ihre Schwester sei. Eifersucht fühlte sich furchtbar an.

Als ich zum Büro hinaufging, holte mich Yanagi-san, der soeben zurückgekehrt war, auf der Treppe ein.

»Was für eine Überraschung. Das war doch Kazu-chan, oder?«

Yanagi-san klang gut gelaunt.

»Können Sie die Zwillinge eigentlich gut auseinanderhalten? Sie stimmen ihren Flügel ja schon so lange, dass Sie die beiden von klein auf kennen.«

»Sag mal, Tomura-kun, für wie alt hältst du mich denn? Als die beiden klein waren, war ich ja auch fast noch ein Kind.«

»Oh, Verzeihung!«

Wenn ich drei bis vier Jahre älter war als die Zwillinge, dann musste er etwa zehn Jahre älter sein als die beiden. Ich überlegte, wie alt die Zwillinge wohl gewesen sein mochten, als er dort anfing, den Flügel zu stimmen.

»Man kann sie an ihren Schuluniformen auseinanderhalten.«

»Ach.«

»Wenn man ihre Gesichter nicht unterscheiden kann, erkennt man sie an den unterschiedlichen Uniformen. Sag bloß, das ist dir noch nicht aufgefallen?«, sagte er ungläubig.

»Oh, ja doch, jetzt, wo Sie es sagen.«

Yanagi-san schmunzelte.

Yanagi-san hatte recht, ihre Uniformen unterschieden sich. Irgendwann hatte Kazune mal erwähnt, dass sie und ihre Schwester auf verschiedene Oberschulen gingen, da Yuni bessere Noten hatte, worauf Yuni lachend meinte, dass Kazune eben nur ans Klavierspielen denke.

»Unsere Noten sind eigentlich ähnlich, nur in Mathe

bin ich etwas besser. Wenn ich mich da einmal voll drauf konzentriere, kann ich die Aufgaben ganz fix lösen, aber Kazune hat nur ihr Klavier im Sinn.«

Eineiige Zwillinge sehen nicht nur gleich aus, sondern haben auch die gleichen Gene. Schwer zu sagen, worin sich Abweichungen bemerkbar machen. Aber ich glaube, dass sich derartige Nuancen wie, ob sie gut oder schlecht in Mathe abschneiden, welche Schule sie jeweils besuchen und welche Freundschaften sie dort schließen, sich durchaus in ihren Gesichtern und Gesten ausdrücken. Und, nicht zu vergessen, in der Art, wie sie Klavier spielen.

»Du reißt dir ein Bein aus, wenn es um die Zwillinge geht, und merkst nicht mal, dass sie verschiedene Uniformen tragen?«

Wieso riss ich mir ein Bein aus? Ich mochte einfach ihr Klavierspiel.

»Ich bin jedenfalls gespannt, was aus den beiden wird«, sagte er abschließend.

Das war ich auch. Sehr sogar.

7

Ich war nun bereits ein Jahr bei Etō. Da es seither keine Neueinstellungen gegeben hatte, rangierte ich immer noch ganz unten in der Hierarchie. Trotzdem war ich erleichtert, keine Konkurrenz zu bekommen. Ich hegte die Befürchtung, dass jeder neue Mitarbeiter immer noch besser abschneiden würde als ich. Es fiel mir nach wie vor nicht leicht, ein Klavier richtig zu stimmen. Genauer gesagt, schaffte ich das zwar noch mit Ach und Krach, aber bei der Intonation war ich aufgeschmissen. Wenn es um den entscheidenden Aspekt ging, scheiterte ich kläglich.

»Mach einfach die Augen zu und entscheide dich für einen Klang«, riet Yanagi-san mir.

»Wie meinen Sie das? Etwa blindlings drauflos?«

»Aber nein! Ich meine nicht ›Augen zu und durch‹«, erklärte er mir freundlich. »Stell dir einen Koch vor, der mit geschlossenen Augen und hochkonzentrierter Miene ein Gericht abschmeckt. Das Gleiche gilt für einen Stimmer – nur, wenn man zu lange zögert, wird man konfus.«

Als er sah, dass ich mir seinen Ratschlag wörtlich notierte, schob er eilig hinterher:

»Man muss dabei natürlich nicht unbedingt die Augen zumachen. Das mache ich auch nicht. Aber manchen Stimmern fällt es so leichter, sich auf die Klangfarbe zu konzentrieren. Andere können aber auch mit offenen Augen gut in sich hineinhorchen.«

Ich schrieb das ebenfalls in mein Notizheft.

»Ach, heute muss ich die ganzen Schulen abklappern.«

Yanagi-san erhob sich. Die Schulen lagen verstreut in der Umgebung, die Autofahrt bis zur entferntesten konnte durchaus zwei Stunden in Anspruch nehmen. Bei weiten Strecken stimmte er unterwegs oft auch gleich die Klaviere in Gemeindezentren und Kindergärten, die auf dem Weg lagen. Ein strapaziöser Tag für ihn.

»Ich muss zu einem Privatkunden. Also werde ich die Augen schließen und mein Bestes geben.«

»Irgendwann erbst du die Schulen von mir, Tomura-kun.«

Noch war ich nicht so weit. Aber eines Tages wollte ich gerne sämtliche Klaviere in allen Schulen stimmen. Für die Kinder, die diesem Instrument zum ersten Mal begegneten, sei es in einem Musikraum oder einer Turnhalle.

Mehrmals in der Woche stimmte ich Klaviere in Privathaushalten, mit Ausnahme derer, auf denen lange nicht gespielt worden war oder an denen ernsthafte Schäden repariert werden mussten. In solchen Fällen begleitete ich immer noch Yanagi-san, um von ihm zu lernen. Ich bedauerte meine geringen Fortschritte und dass ich meine Kollegen nicht stärker entlasten konnte, war zugleich aber auch erleichtert, dass Yanagi-san die schwierigen Aufträge übernahm. Die armen Klaviere hätten mir leidgetan, wenn sie von einem Stümper wie mir gestimmt worden wären.

Ich wollte mich gerade zum Aufbruch fertig machen, als mich Kitagawa-san, unsere Sekretärin, aus dem Erdgeschoss anrief. Sie war eine dreißigjährige ›Schönheit‹, worauf mich jedoch erst Yanagi-san aufmerksam gemacht hatte. Hübsch war sie tatsächlich, ihr Alter hingegen hätte ich nur schwer einschätzen können. Ihr Schreibtisch befand sich gleich im Eingangsbereich des Geschäfts.

»Ihr erster Kunde heute Morgen, Watanabe-san, hat abgesagt. Er möchte den Termin auf nächste Woche verschieben. Gleicher Tag, gleiche Uhrzeit.«

»Okay. Das wird klappen.«

Ich legte auf und strich den heutigen Termin aus dem Tischkalender, bevor ich den Namen ›Watanabe-san‹ in der Spalte eine Woche später vermerkte.

»War das eine Absage?«

Yanagi-san drehte sich an der Tür noch einmal um.

»Für heute Vormittag?«

In der Regel muss ein Klavier einmal im Jahr gestimmt werden, und das nimmt etwa zwei Stunden in Anspruch. Nicht viel also. Und dennoch gibt es Kunden, die den Termin ganz kurzfristig verschieben oder sogar absagen. Vielleicht ist es ihnen lästig, wenn sich eine fremde Person zwei Stunden lang in ihrem Zuhause aufhält, was ich durchaus nachvollziehen kann. Aber in allerletzter Minute abzusagen, ist wohl ein Zeichen dafür, wie wenig Bedeutung die Leute ihrem Klavier beimessen.

Uns interessiert doch nur das Klavier. Es muss niemand danebenstehen, und der Kunde kann sich derweil anderen Dingen widmen, wobei mich selbst der Lärm von Waschmaschinen oder Staubsaugern im Hintergrund nicht bei meiner Arbeit stören würde.

»Manche Kunden glauben sogar, sie dürften während unserer Arbeit nicht kochen«, sagte Yanagi-san.

»Sie kochen nicht?«

»Offenbar denken sie, dass der Essensgeruch unsere Arbeit beeinträchtigen könnte.«

Hm, dachte ich, vielleicht ist da sogar was dran.

»Am besten sagt man den Kunden gleich zu Beginn, dass sie keine Rücksicht auf uns zu nehmen brauchen und wie gewohnt ihren Tätigkeiten nachgehen sollen.«

»Hat auch schon mal jemand einen Termin abgeblasen, weil er es nicht geschafft hat, seine Wohnung vorher zu putzen?«

Die Sekretärin erhob sich hinter dem Schreibtisch und kam zu uns herüber.

»Das spielt doch gar keine Rolle, wie die Wohnung aussieht. Sie sollen sich einfach an die vereinbarten Termine halten.«

Ein wenig Unordnung oder Staub störten uns nicht, aber bei dem Kunden, den wir letzte Woche besucht hatten, lag so viel Zeug auf dem Boden verstreut, dass wir gar nicht wussten, wohin mit der Abdeckung des Klaviers. Mir war bis dahin auch nicht klar gewesen, wie sehr herumliegende Kleidungsstücke die Akustik im Raum dämpften und den Klang des Klaviers völlig verfälschten.

Als ich nichts darauf erwiderte, spottete Yanagi-san:

»Wahrscheinlich hast du einfach einen Sauberkeitsfimmel, Tomura-kun.«

Während wir miteinander plauderten, kam Itadori-san mit seinem Werkzeugkoffer an uns vorbei.

»Eine Absage?«

»Ja.«

Dann sagte er ganz lapidar:

»Komm doch mit mir mit, wenn du magst.«

Ich traute meinen Ohren nicht. Itadori-san war heute für den Konzertsaal eingeteilt.

»Oh ja, gern!«, rief ich begeistert.

»Na, dann beeil dich!«

Am nächsten Tag sollte ein Klavierkonzert mit einem deutschen Pianisten stattfinden, den man für sein virtuoses Spiel als ›Magier der Tasten‹ pries. Ich wusste, dass Itadori-san den Flügel für die Aufführung stimmen sollte. Der Pianist gab nur eine Handvoll Konzerte in ganz Japan, weshalb ich mich wunderte, aus welchem Grund er ausgerechnet in diesem Kaff im Norden auftreten wollte. Ich freute mich darauf. Zum ersten Mal in meinem Leben hatte ich mir eine Konzertkarte gekauft.

Ich suchte fix meine Sachen zusammen. Meine eigenen Werkzeuge würde ich wohl nicht brauchen. Oder sollte ich sie mitnehmen? Nein, die würden doch nur im Weg sein. Ach, aber mit leeren Händen da ankommen, ginge auch schlecht. Ich könnte ja Itadori-sans Koffer tragen. Auf jeden Fall musste ich mein Notizheft und einen Stift einpacken.

Offenbar hatte Akino-san mir etwas zugerufen.

»Wie bitte?«, fragte ich nach.

Ohne aufzublicken, sagte er erneut: »Da darf man wohl gratulieren.«

Sein sonst eher mürrisches Gesicht wirkte freundlich, als freue er sich aufrichtig für mich, seine Stimme klang jedoch nüchtern wie eh und je. In der Anfangszeit war er mir gegenüber förmlich und unverbindlich gewesen, was vermutlich daran lag, dass wir uns hier im Büro nicht oft über den Weg liefen. Aber mit der Zeit, als der Umgang vertrauter wurde, redete er lockerer mit mir und ließ sich auch hin und wieder zu recht unverblümten Bemerkungen hinreißen.

Ich wusste nichts darauf zu erwidern. Zwar kam mir lediglich die Rolle zu, Itadori-sans Koffer zu tragen, aber ich hätte vor Freude an die Decke springen können, dass ich ihn begleiten durfte.

Ich sollte mich nicht verrückt machen. Das würde mir alles verderben. Es war doch eine wunderbare Gelegenheit, Itadori-san bei seiner Arbeit und noch dazu für einen Pianisten von Weltrang zu erleben. Ich ging zur Tafel hinüber und schrieb in die Spalte meiner Termine den Namen des Konzertsaals.

»Wieso muss Tomura-kun denn da mit? Was soll das bringen?«, brummte Akino-san in sich hinein, doch gerade laut genug, dass ich es noch hörte.

Wo man auch hinkam, es gab immer missgünstige Leute, die einen schikanierten oder einem kleine Freuden neideten. Man begegnete ihnen im kleinen Bergdorf genauso wie am College in der Stadt, sowohl unter den Kunden als auch hier im Büro. Ich versuchte, darüber hinwegzugehen, aber irgendwo hatte er nicht unrecht. Und gerade deshalb wollte ich seine Bemerkung nicht einfach so stehen lassen.

»In fünf Jahren ...«

Ich besann mich: »Nun ja, ich meine, in zehn Jahren werde ich so weit sein, dass meine Studien sich gelohnt haben.«

»Deine Studien ... nicht einmal in zehn Jahren ...«

Akino-san schnaubte verächtlich durch die Nase.

8

Als ich den Konzertsaal betrat, hatte ich das Gefühl, sogar der Luftdruck würde sich schlagartig verändern. Ich spürte wieder die Größe des Waldes. Man nahm jedes Geräusch in der besonderen Akustik des Saals ganz anders wahr als draußen und ließ unmittelbar die Hektik der Straße hinter sich.

Mit Erlaubnis des Intendanten nahmen wir in der Saalmitte Platz, damit wir uns einen zentralen Überblick über die Sitzreihen und die Frontalansicht des Flügels auf der Bühne verschaffen konnten.

»Immer ein guter Einstieg. Man sollte erst mal vorurteilsfrei prüfen, wie der Flügel aus der Perspektive der Zuschauer aussieht«, sagte Itadori-san mit einem zufriedenen Nicken.

Ohne Beleuchtung, im Halbdunkel der Bühne, wirkte der Flügel vom Zuschauerraum aus wie eine Landschaft. Seine bloße Präsenz war schön. Und zugleich unaufdringlich. Als würde er friedlich schlafen.

»Ich werde durch die Garderoben von hinten auf die Bühne gehen und du tust mir den Gefallen und kommst vom Zuschauerraum aus nach«, sagte Itadori.

Die klimatisierte Luft, die regulierte Feuchtigkeit und Temperatur. Sämtliche Wände und die Decke des Saals waren komplett holzvertäfelt. Ich fragte mich, wie sich die Schallwellen hier ausbreiten würden.

Besonnen näherte ich mich Schritt für Schritt der Bühne, ohne den Flügel aus den Augen zu lassen. Ich ging die seitlichen Stufen zum Podium hinauf, wo Itadori-san bereits damit beschäftigt war, den Flügel aufzuklappen und seine Utensilien auszubreiten.

Itadori-san schlug mit beiden Händen eine Oktave an. Der Flügel erwachte, die Landschaft begann zu atmen. Mit dem Erklingen der Töne richtete sich der massive Korpus auf, streckte seine Glieder und breitete seine Schwingen aus, bereit für die Darbietung.

Dieses gewaltige Ungetüm glich keinem der Flügel, die ich bislang gesehen hatte. Wie ein mächtiger Drache, der sich kurz vor dem Angriff auf die Beute noch einmal aufbäumt. Ein Konzertflügel war eben von anderer Natur als die herkömmlichen Klaviere, die ich von unseren Kunden kannte. Anders als alles nur Erdenkliche. Verschieden wie Tag und Nacht. Wie Bleistift und Tinte. Ein atemberaubender Kontrast.

Ich bekam feuchte Hände. Der Anblick dieses Flügels überwältigte mich. Dieses Instrument zu stimmen gehörte in eine andere Liga als das, was ich sonst machte. Wie gebannt stand ich davor. Wenn ich zuvor geglaubt hatte, nun besser über Klaviere Bescheid zu wissen, dann strafte mich dieser Flügel hier Lügen.

Itadori-san schlug eine Taste an, lauschte, justierte vorsichtig nach, und schlug sie dann erneut an. Mithilfe des Stimmschlüssels stimmte er so einen Ton nach dem anderen.

Etwas kam näher. Was, vermochte ich nicht zu sagen. Mein Herz pochte wild. Etwas Ungeheures rückte heran. Sanft ansteigende Berge kamen in Sicht. Die gleiche Szenerie, die ich von meinem Elternhaus aus sehen konnte. Die Berge, auf die ich normalerweise nicht achten würde, die mir früher nie bewusst geworden waren. Doch nun erinnerte ich, wie klar sie am Morgen nach einem schweren Sturm wirkten. Lebendig. Pulsierend. Mir wurde plötzlich die Vielfalt bewusst: Erde, Bäume, fließende Gewässer, Pflanzen, Tiere, sogar wehender Wind. Ich fokussierte einen verschwommenen Fleck, bis ich ihn deutlich vor mir sah: ein vereinzelter Baum am Hang, dessen üppige grüne Blätterkrone raschelte.

Und genau so war es mit dem Klang des Klaviers. Zuerst war es nur ein Geräusch, aber sobald Itadori-san den Ton gestimmt hatte, kam seine Brillanz voll zur Geltung.

Die Töne dehnten sich aus. Sie explodierten, wirbelten durcheinander, jagten sich gegenseitig, verschmolzen zu einem einzigen Klang.

Wie konnte ein Instrument wie das Klavier so etwas hervorzaubern? Von einem Blatt zu einem Baum, von einem Baum zu einem Wald bis hin zu einem Berg. Ich konnte bildhaft vor mir sehen, wie der Ton zu Klang, der Klang zu Musik wurde. Ich begriff, dass ich ein verirrtes Kind auf der Suche nach dem Göttlichen war, wobei mir gar nicht bewusst gewesen war, dass ich mich verirrt hatte. Göttlichkeit oder Wegmarken? Dieser Klang war es, nach dem ich gesucht hatte. Ich glaubte sogar, solange es diesen Klang gab, würde ich existieren. Ich erinnerte mich an das erhebende Gefühl der Freiheit, das mich vor zehn Jahren mitten im Wald überkommen hatte. Trotz der Gebundenheit an den Körper und seine Zwänge hatte ich mich unbändig frei gefühlt. Damals wohnten die Götter meiner irdischen Welt in Bäumen, Blättern, Früchten, im Boden. Und nun im Klang. Er ist es in seiner Schönheit, der mich auf meinem Weg leitet.

Wenn ich auf der Suche nach Zeichen voranschreite, dann nur, weil auch das Göttliche in meinem Bewusstsein verankert ist. Es war niemals sichtbar. Auch seinen Aufenthalt kenne ich nicht. Aber dennoch ist es zweifellos da und offenbart sich mir in Schönheit. Dieser Gedanke stimmte mich froh. Die Freude darüber, hier sein zu dürfen. Das paradoxe Gefühl, als würde man eine weiträumige Lichtung betreten und zugleich in eine enge Sackgasse geraten. Aber solange ich wusste, dass ich da war, spielte der Ort keine Rolle mehr.

Es war bereits dunkel, als wir das Konzerthaus verließen. Itadori-san wollte direkt nach Hause, um sich auf das morgige Konzert vorzubereiten. Vor der Generalprobe musste er letzte Anpassungen mit dem Pianisten vornehmen. Beim Konzert selbst sollte er hinter der Bühne dem Interpreten gegebenenfalls weiterhin zur Verfügung stehen. Er hatte also rund um die Uhr dort zu tun.

Wir gingen schweigend zum Parkplatz. Mir fiel nichts ein, was ich hätte sagen können. Ich verspürte zwar eine leichte Aufregung, war jedoch zugleich innerlich gesammelt.

Als ich am Steuer saß und den Sicherheitsgurt anlegte, vermochte ich endlich zu sprechen.

»Es war großartig.«

Itadori-san schenkte mir ein aufrichtiges Lächeln.

»Das freut mich zu hören.«

Ich zögerte, doch dann platzte es aus mir heraus.

»Itadori-san, weshalb haben Sie mich eingestellt?«

Eigentlich war es der Geschäftsführer, Etō-san, der solche Entscheidungen traf. Itadori-san wäre dazu gar nicht befugt gewesen. Aber es war bestimmt seinen Bemühungen zu verdanken, dass er nach Abschluss meiner Ausbildung ein gutes Wort für mich eingelegt hatte, damit ich die Stelle bei Etō bekam.

»Wer zuerst kommt, mahlt zuerst.«

»Zuerst?«

»Der erste Bewerber kriegt den Job. Das war schon immer so.«

»Ah.«

So war das also. Wer zuerst kommt ... Hätte ich mir denken können. Es lag also nicht an meinen Fähigkeiten oder meinem Potenzial oder so was in der Art, dass man sich für mich entschieden hatte.

Langsam löste ich den Fuß von der Bremse.

»Man darf nur nicht aufgeben«, sagte Itadori-san sachlich, als wir auf die Straße rollten.

Dann blickte er vom Beifahrersitz aus ruhig auf die vor uns liegende Straße, während ich ebenfalls schweigend den Wagen fuhr.

Ich hatte schon oft etwas aufgegeben in meinem Leben. Geboren und aufgewachsen in einem abgelegenen Bergdorf, wo meine Familie gerade so über die Runden kam. Wir kannten nicht die Annehmlichkeiten, die für Stadtkinder selbstverständlich waren. Auch wenn es uns nicht bewusst war, so mussten wir doch vieles entbehren.

Wir litten aber nicht darunter. Es tut nicht weh, auf Dinge zu verzichten, die man nie begehrt oder vermisst hat. Schmerzlich wird es erst, wenn etwas direkt vor einem liegt, man es aber nicht erreichen kann, obwohl man es sich doch so sehr wünscht.

So hatte ich beispielsweise aufgegeben, Kunst, vor allem Gemälde, verstehen zu wollen. Mir fehlte einfach der Zugang dazu. In der Grundschule in den Bergen machten wir einmal pro Jahr einen Klassenausflug zu einem Museum, das sich in einer größeren Stadt befand. Eine Exkursion, um unser Kunstverständnis zu fördern. Erst jetzt begreife ich, wie viel mir diese groß aufgebauschten Museumsbesuche abverlangt haben. Auch wenn ich beim Anblick der Bilder fand, dass manche ansprechend aussahen oder interessant seien, konnte ich nicht tiefer zu ihnen vordringen. Jenseits des Geschmacksurteils ›hübsch‹ fiel mir nichts weiter dazu ein. Vom Lehrer aufgefordert, sich ein Lieblingsbild auszusuchen, musste ich passen. Ich hatte stets das Gefühl, ich lag falsch, wenn ich über ein Bild sagen konnte, dass es in zarten Farben gemalt war oder mir die Atmosphäre gefiel.

Aber hätte das nicht ausgereicht? Es genügte voll und ganz, ein Bild schlichtweg zu mögen.

Was war dagegen einzuwenden, dass man einfach Freude an einem Kunstwerk hatte? Es bestand kein Grund, sich das Hirn zu zermartern, nur weil man ein Bild nicht verstand, die Erwartungen der Lehrer nicht erfüllen konnte.

Irgendwann habe ich die ganze Sache aufgegeben. Ich finde nun mal keinen Zugang zur bildenden Kunst. Und ich muss auch nicht so tun, als ob.

Erst mit siebzehn habe ich begriffen, dass es richtig gewesen war, loszulassen. Bei meiner ersten Begegnung mit dem Klavier verspürte ich den Impuls, laut zu schreien.

Das war es, was ich unbewusst gesucht hatte – eine spontane Reaktion tief in meinem Innern.

Im Laufe des Lebens ändern sich oft die eigenen Interessen. Doch damals in der Turnhalle, als Itadori-san den Flügel stimmte, wusste ich im ersten Moment, dass ich genau das wollte.

All die Dinge, die ich jemals zu verstehen suchte, um die ich lange und ohne jeden Gewinn gerungen hatte, erschienen mir mit einem Mal unwichtig. Ich hatte sie einfach nicht wirklich ergründen wollen.

»Ich werde nicht aufgeben.«

Meine Stimme war nur ein Flüstern. Ich wusste genau, was ich brauchte und was nicht.

9

Als ich ins Büro zurückkehrte, war Akino-san noch da.
»Und, wie war's?«
Die Frage sollte wohl ganz beiläufig klingen, aber in dem leicht spöttischen Ton schien auch Neugier mitzuschwingen.
In der Zeit, während ich Itadori-san beim Stimmen des Flügels zugesehen hatte, waren mir allerhand Gedanken durch den Kopf geschwirrt. Aber darüber wollte ich mit Akino-san, der zu allem, was ich sagte, eine scharfe Erwiderung parat hatte, nicht sprechen.
»Ich denke, sowohl der Pianist als auch das Publikum haben großes Glück, den Klang dieses Flügels zu erleben.«
Akino-sans schwarze Augen hinter den Brillengläsern weiteten sich für einen Moment. Dann brummte er hörbar gelangweilt: »Mhm. Und wie hat er die Intonation reguliert?«
»Das weiß ich nicht genau«, musste ich ehrlich zugeben. »Aber ich habe zum ersten Mal erlebt, wie die Ausrichtung der Rollen die Resonanz beeinflusst.«
Das hatte ich bereits auf der Fachschule gelernt. Wenn man die Messingrollen unten an den Beinen verstellt, ändert sich der Schwerpunkt des Flügels. Itadori-san hatte es mir auf leicht verständliche Weise demonstriert. Ähnlich wie beim Liegestütz, wo man die Hände mehr als

schulterbreit aufsetzt, um stärker den Rumpf zu belasten. Entsprechend wird der Resonanzboden bei einem Klavier einer größeren Krafteinwirkung ausgesetzt, wenn die Rollen nach außen gedreht werden. Die Resonanz verändert sich dadurch merklich.

»Na, wenn's so einfach ist.« Seine sonst eher ausdruckslose Stimme triefte vor Sarkasmus. »Das ist wahrlich nicht das Entscheidende an Itadori-sans Stimmtechnik. Da hast du wohl im richtigen Moment nicht aufgepasst. Ich finde sowieso, dass dich hier alle mit Samthandschuhen anfassen, gerade auch Itadori-san. Sieh mal hier, sieh mal da. Fühlst du dich dadurch nicht herabgesetzt?«

»Herabgesetzt? Warum sollte ich. Schließlich bin ich noch in der Ausbildung.«

Akino-san hätte seinerseits sicher eine Menge dabei lernen können. Ich dagegen stand vor einem Felsen aus Sandstein, und bekam ihn an keiner Stelle zu packen. Alles neu zu Erlernende zerbröselte zu mürbem Sand, ich rutschte ab. Wäre Akino-san dabei gewesen, hätte er sich an der felsigen Klippe hochgearbeitet und sie erklommen.

»Akino-san, Sie sollten Itadori-san auch einmal beim Stimmen begleiten.«

Er sah mich kurz verdutzt an, bevor er in schallendes Gelächter ausbrach.

Am nächsten Tag, als ich mit Yanagi-san zu Kundenterminen unterwegs war, sprach ich ihn auf Akino-san an.

»Ach Gott, dieser Typ …«

Yanagi-san schmunzelte vor sich hin.

»Nimm dir sein Gerede bloß nicht zu Herzen.«

Er wirkte belustigt, als er zügigen Schrittes den Trolley hinter sich herzog.

»Anfangs hat mich das auch wütend gemacht.«

Mit der rechten Hand hielt er mir die Tür zum Parkplatz auf.

»Ganz zu schweigen von seiner Ansicht, dass sich die Kunden hier in der Gegend mit einer 08/15-Stimmung zufriedengeben würden, Hauptsache, es klingt wie ihre Stereoanlage.«

Er grinste, als er in mein ratloses Gesicht blickte.

»Eine Zeit lang waren die meisten Stereoanlagen auf einen bestimmten Sound eingestellt. Wummernde Bässe und knisternde Höhen. Stimm ein Klavier so und es wird den Leuten gefallen. Behauptet Akino-san.«

Vermutlich hatte Akino-san das nicht ganz ernst gemeint.

»Ich finde, er sollte solche Bemerkungen einfach für sich behalten.« Yanagi-san sprach genauso schnell, wie er über den Parkplatz lief. »Ich dachte, er macht sich nur lustig, sowohl über unseren Beruf als auch über die Kundschaft. Es tut mir eher leid für ihn, dass er offenbar noch nie einen anspruchsvollen Klavierspieler getroffen hat. Aber ... hör mal ...«

Yanagi-san sah verschmitzt zu mir herüber, als wäre ihm gerade eine witzige Idee gekommen.

»Tomura-kun, du solltest Akino-san mal beim Stimmen begleiten.«

Mein gequälter Ausdruck entging ihm nicht.

»Er redet doch nur so abfällig daher. In Wirklichkeit macht er seinen Job gut.«

»Glauben Sie?«

Yanagi-san nickte.

»Keine Ahnung, ob ihm das selbst bewusst ist. Auf jeden Fall kann man ihm nicht nachsagen, dass er schludern würde.«

Wahrscheinlich leistete er gute Arbeit wider Willen. Aus Respekt vor dem Klavier.

»Wenn er mich jetzt hörte, würde er bestimmt widersprechen.«

Ich hielt es für nicht sehr wahrscheinlich, dass Akino-san mich mitnehmen würde, wenn ich ihn darum bat. Außerdem war ich nicht erpicht darauf. Lawinen von Sand – sei es von Itadori-san oder Yanagi-san, von den Schafen, vom Klavier – stürzten auf mich ein, drohten mich unter sich zu begraben. Aber zumindest ein Körnchen wollte ich um jeden Preis erhaschen.

Gleich nach dem letzten Kundentermin machte ich mich auf den Weg, um rechtzeitig zum Konzerthaus zu kommen.

Heute herrschte eine andere Stimmung im Saal. Vergessen war der totenstille Wald, der mich gestern so vereinnahmt hatte. Ein lautes Rascheln von den zahlreichen Zuschauern war nun vernehmbar, was mich eher an einen lebhaften Wald im Sommer mit üppig belaubten Bäumen erinnerte.

Das Publikum war im Durchschnitt wesentlich älter als ich. Fein gekleidete Besucher, was mich kurz einschüchterte, aber als ich mir klarmachte, dass sie wegen des Klavierkonzerts hier waren, fühlte ich mich sogleich wohler. Uns verband die Liebe zur Musik.

»Oh«, entfuhr es mir, als ich ein bekanntes Gesicht im Foyer erblickte.

Akino-san war hier. Keine Ahnung, ob er mich tatsächlich nicht bemerkte oder nur so tat. Ohne ihn anzusprechen, beobachtete ich, wie er zielstrebig den Saal betrat. Ich schlenderte gemütlich hinein, um meinen Sitzplatz zu suchen.

»Tomura-kun!«

Ich sah auf, als ich meinen Namen hörte. Unser Geschäftsführer, Etō-san, winkte mir zu. Er trug einen dunklen Anzug und fragte mit übertriebenem Lächeln, wo denn mein Platz sei.

»Ich denke, irgendwo hier.«

Wir befanden uns im hinteren Bereich des Saals in der Mitte. Einen Platz weiter vorne hätte ich mir ohnehin nicht leisten können, jedoch glaubte ich, in der Mitte sei die Akustik ausgesprochen gut.

»Sind Sie etwa zum ersten Mal hier im Konzerthaus?«

Verwundert riss er die Augenbrauen hoch.

Ich bejahte und spähte in der Reihe nach rechts, wo ich ziemlich am Rand Akino-san entdeckte.

Etō-san rückte näher und flüsterte mir ins Ohr:

»Nahe der Wand ist der Klang am besten.«

»Ach wirklich?«

Darauf hätte man mich ruhig beim Kartenkauf hinweisen können. Offenbar aus Mitleid, als er mein enttäuschtes Gesicht sah, warf der Geschäftsführer einen Blick auf meine Eintrittskarte.

»Sie sitzen in der Reihe hinter mir. Wenn Sie zum ersten Mal hier sind, sollten Sie gut sehen können. Sollen wir tauschen?«

»Oh, nein, das kann ich nicht annehmen.«

Ich bedankte mich, worauf er sichtlich erleichtert wirkte.

Schließlich fand ich meinen Platz und setzte mich. In der Reihe vor mir weiter rechts sah ich Akino-sans Profil.

Plötzlich kamen mir Zweifel. Wieso hatte er sich einen Platz so weit an der Seite ausgesucht? Das würde man doch nicht tun, wenn man dem Spiel des Pianisten – seinen Fingern, seinem Ausdruck, seinen Körperbewegungen – zuschauen wollte. Ich blickte wieder zum Podium. Dort thronte das prachtvolle schwarze Instrument, das Itadori-san gestern gestimmt hatte. Von Akino-sans Platz aus dürfte der Pianist vom Flügel verdeckt, also überhaupt nicht zu sehen sein.

Es dämmerte mir: Vermutlich war es ihm egal, ob er den Pianisten sah beziehungsweise fand er es vielleicht sogar besser, ihn nicht zu sehen, damit er sich voll und ganz auf die Musik konzentrieren konnte. Außerdem würde der Klang vom aufgeklappten großen Deckel sowieso mehr nach rechts abgelenkt werden. Ich bereute es nun, dass ich, ohne groß nachzudenken, den Platz in der Mitte gewählt hatte.

Im Saal wurde es dunkel, und sogleich erschien der Pianist auf der Bühne.

Auf der Stelle waren meine Grübeleien über die richtige Platzwahl wie weggeblasen. Es war schön. Überwältigend schön. Das Instrument, sein Klang, die Musik.

Ich hatte nicht gewusst, dass etwas so schön sein konnte. Und doch strömte es unaufhörlich aus dem schwarzen Wald auf die Bühne und erfüllte den Saal. Ich versuchte, Itadori-sans ganz eigene Prägung herauszuhören, aber das erwies sich als vergeblich. Wenn ein Ton eine Färbung hat, dann ist diese fast durchscheinend. Die Töne erreichen uns in Form und Farbe so, wie der Pianist es will. Allein durch das Zuhören hebt die Musik uns empor und wir haben die Empfindung, eins mit der Musik, ein Teil von ihr zu sein.

Hätte ich es nicht gewusst, wäre ich nicht auf die Idee gekommen, dass wir diesen Klang Itadori-san verdankten. Es war ein idealer Klang. Ein Klang zu Diensten des Interpreten. Ein Klang, bei dem die Virtuosität des Spielenden voll zur Geltung kommt. Niemand würde es der Leistung des Stimmers zuschreiben. Und das ist auch richtig so. Aber auch wenn der Pianist die Lorbeeren einheimste, würde nicht einmal ihm allein das Lob gebühren, sondern es war die Musik, die das Wunder vollbrachte.

Das Konzert war zu Ende. Ich fühlte mich leicht berauscht vor lauter Glückseligkeit. Ich erhob mich von meinem Sitz und schloss mich dem herausströmenden Publikum an. Schon war Etō-san wieder an meiner Seite.

»Und wie war's, Ihr erstes Konzert?«

»Absolut spitze«, entfuhr es mir spontan, ohne dass ich Zeit gehabt hätte, nach angemessenen Worten zu suchen. »Der Flügel klang wunderbar.«

»Ach, das freut mich.« Etō-san strahlte übers ganze Gesicht. »Genau darum geht es doch – das Instrument zu schätzen, die Musik zu lieben.«

Ich konnte mir kaum vorstellen, dass es jemanden gab, dem die Musik heute nicht gefallen hätte.

»Obwohl man bei diesem Pianisten schon glauben möchte, dass er ein wenig von Itadori-san besessen ist.«

Wir gingen den kurzen Aufgang zum Foyer hinauf.

»Der Künstler gönnt ihm keine Minute Pause. Itadori hier, Itadori da. Er ruft ständig nach ihm.«

»Er sagt einfach Itadori zu ihm? Kennen sich die beiden denn so gut?«

»Wussten Sie das nicht?«, fragte er ungläubig, die Augenbrauen wieder übertrieben hochgerissen.

»Wenn der Maestro nach Japan kommt, verlangt er sofort nach Itadori-san. Sie kennen sich wohl schon vom Studium in Deutschland. Am liebsten hätte er ihn auch bei seinen Europa-Tourneen dabei, aber Itadori-san leidet unter Flugangst. Seit seiner Rückkehr nach dem Studium bewegt er sich in Japan nur auf dem Landweg. Nun muss er ausharren, bis sich mal ein Pianist in unser armseliges Kaff verirrt.«

»Verschwendet er da nicht sein Talent?« Es war mir so herausgerutscht. »Wäre es nicht besser für ihn, in einer größeren Stadt seine Fähigkeiten voll auszuschöpfen? Dort kämen viel mehr Menschen in den Genuss seiner Stimmtechnik.«

»Finden Sie?«

Der Geschäftsführer schmunzelte, als wir durchs Foyer spazierten.

»Es überrascht mich, dass gerade Sie so denken, Tomura-kun. Wir können uns doch wirklich glücklich schätzen, dass er hier zu uns in dieses kleine Nest gekommen ist. Und Sie doch erst recht.«

Seine Augen wirkten ernst, als er mich mit einem Seitenblick streifte.

»Auch wir haben ein Anrecht auf schöne Musik. Sogar Menschen aus entlegenen Orten können sich daran erfreuen. Ich finde es schön, dass die Zuhörer aus den großen Städten eigens hierherkommen, um den Klang von Itadoris Flügel zu genießen.«

Er hatte recht. Auch wenn es konträr zu allem stand, was mir bislang als gesetzt schien. Berge und Dörfer. Stadt und Land. Groß und Klein. Ich hatte mich unbemerkt in Klischees verrannt, die nichts mit den eigentlichen Verhältnissen gemein hatten.

Genau hier war der Ort, an dem ich arbeiten wollte. Und darauf sollte ich stolz sein. Mit zaghafter Stimme versuchte ich mich zu rechtfertigen.

»Das Konzert heute war so wunderbar, dass ich mir einfach gewünscht hätte, es könnten viel mehr Menschen erleben.«

»Ich weiß doch.«

Etō-san nickte und setzte wieder sein Lächeln auf.

10

Ganz behutsam drehte ich den Stimmschlüssel. 0,1 mm, 0,2 mm. Möglicherweise in noch feineren Abstufungen.

Nur die Tonhöhe einzustellen, ging relativ schnell. Damals auf der Fachschule hatte der Lehrer mir kaum einen Ton, den ich für sauber gestimmt hielt, abgenommen. Die entsprechenden Tasten markierte er mit einem X. So stand anfangs ein X neben dem anderen, da nicht einer der Töne hinhaute.

Nach zwei Jahren Ausbildung wurden die Kreuze immer weniger, bis es mir schließlich gelang, kein einziges mehr einzukassieren. Ich stand an der Startlinie.

Ich konnte anwenden, was ich gelernt hatte. Wie man Tonhöhe und Frequenz justierte. Mit etwas Übung schafft das jeder. Dazu braucht man kein Talent, sondern nur Fleiß und Ausdauer. Ob man selbst Klavier spielt oder nicht, enthusiastisch ist oder nüchtern, ein gutes oder ein ungeübtes Gehör besitzt, die Übung macht den Meister, um sich am Start zu positionieren.

Der Pfiff hatte mir signalisiert, dass ich loslaufen sollte, aber wie weit war ich inzwischen gekommen?

»Ich finde, die Töne sind jetzt klarer und deutlicher. Vielen Dank!«

Ich bedankte mich meinerseits mit einer Verbeugung.

Gleich nach der Verabschiedung vom Kunden machte ich mir noch auf dem Parkplatz Notizen über die getane

Arbeit: in welchem Zustand sich das Klavier befand, welche Techniken des Stimmens ich angewandt, welchen Klang sich der Besitzer gewünscht hatte. Ebenso notierte ich mir das Feedback des Kunden. Wie zum Beispiel seine Formulierung, dass der Klang nun klarer und deutlicher sei. Denn selbst wenn der Kunde nicht genau beschreiben konnte, wie der Klang sein sollte, so hörte ich es manchmal aus beiläufigen Bemerkungen heraus. Der heutige Kunde hatte also einen klaren und deutlichen Klang gewollt, und selbst, wenn ihm das vorher gar nicht bewusst gewesen war, zeigte er sich mit dem Ergebnis äußerst zufrieden.

Es gibt auch Kunden, die einen eher weichen Klang bevorzugen, während sich andere im Gegenteil scharfe, präzise Töne wünschen. Würden sie das klar zur Sprache bringen können, wäre ich besser in der Lage, beim Stimmen voll und ganz auf ihre Wünsche einzugehen. Aber meistens wissen sie selbst nicht, was sie wollen. Dann müssen wir uns gemeinsam der Sache nähern.

»Es klingt nicht lebhaft genug«, beklagte sich ein Kunde über sein Klavier, der sich dann nach dem Stimmen sehr zufrieden mit dem Ergebnis zeigte, was mich wiederum freute. Jedoch brachte mich seine anschließende Bemerkung wiederum völlig aus dem Konzept: »Dank Ihnen ist der Klang jetzt viel runder.«

Waren lebhaft und rund überhaupt vereinbar? Rund würde ich eher mit sanft in Verbindung bringen, was wiederum fast das komplette Gegenteil von lebhaft war. Ohne meine Verwirrung zur Kenntnis zu nehmen, erklärte mir der Kunde: »Zuvor waren die Töne so flach, aber jetzt klingen sie viel runder und voller.«

Nun begriff ich. Offenbar meinte er, dass ein ehemals schlaffer Ton jetzt mehr Spannung besaß – wie ein praller Wassertropfen. In dem Augenblick, wo ich den Sinn seiner Worte verstand, durchfuhr mich die Erkenntnis wie ein Blitz. Am allerbesten wäre es doch, wenn wir allein durch den Klang des Klaviers miteinander kommunizieren würden.

Ich werde oft gebeten, einen helleren Klang zu erzeugen.

Zuerst habe ich mir darüber nicht weiter Gedanken gemacht, sondern bin davon ausgegangen, dass sich wohl kaum jemand einen düsteren Klang wünscht.

Aber jetzt weiß ich es besser. Der Begriff ›hell‹ hat ganz unterschiedliche Bedeutungsnuancen.

Der Basiston bei einem wohltemperierten Klavier ist der Kammerton a', der 440 Hertz beträgt. Der Schrei eines Neugeborenen hat etwa die gleiche Frequenz. Die Maßeinheit Hertz bezeichnet die Anzahl sich wiederholender Vorgänge, der Schwingungen der Luft pro Sekunde. Je größer die Zahl, desto höher der Ton. Ende des II. Weltkriegs war der Kammerton in Japan noch auf 430 Hertz festgelegt. In Europa zu Zeiten Mozarts lag er sogar nur bei 422 Hertz. Der Kammerton wird also zunehmend höher angesiedelt. Inzwischen wird er oftmals schon auf 442 Hertz gestimmt. Neuerdings liegt das a' der Oboe, das als Referenzton für das Orchester gilt, bei 444 Hertz, sodass die Tonhöhe bei Klavieren, die sich dem für gewöhnlich anpassen, ebenfalls steigen wird. Damit liegt es fast einen Halbton höher als zu der Zeit, in der Mozart komponiert hat. Mit anderen Worten, das a', welches wir heute wahrnehmen, klingt anders als zu seinen Zeiten.

Ein Referenzton sollte eigentlich unveränderlich sein, dass er jedoch im Laufe der Zeit trotzdem in die Höhe steigt, mag damit zusammenhängen, dass die Menschen sich einen helleren Klang wünschen. Offenbar ist er ihnen nach einer Weile nicht mehr hoch genug.

»Es kommt mir so vor, als würden wir immer rastloser werden. Dadurch wird auch der Ton nach oben getrieben«, erklärte Yanagi-san, während wir an der Imbissbude auf die Zubereitung unserer Lunchbox mit Nori und Lachs warteten. Er kramte Münzen aus seiner Jackentasche, die er auf der Handfläche abzählte.

»Zumindest wollen sie einen helleren Klang«, fuhr er fort. »In den letzten Jahren hat sich das a' in den Haushalten, deren Klaviere ich betreue, auch von 440 auf 442 Hertz verschoben. Wenn ich ein absolutes Gehör besäße, das diesen Unterschied von 2 Hertz wahrnehmen könnte, wäre mir das unheimlich.«

»Ob der Ton sich noch weiter in die Höhe schrauben wird?«

»Sieht ganz danach aus.«

Er sagte es halb im Scherz, aber dann blickte er auf und sah mich ernsthaft an.

»Akino-san meint, wenn man den Ton schon extrem hell eingestimmt hat und die Kunden ihn immer noch heller haben wollen, dann sollte man ihnen nahelegen, dass sie eher ihre Spielweise ändern sollten.«

»Was meint er damit?«

»Na ja, um einen hellen Klang zu erzeugen, sollte man sich nicht allein auf das Tuning verlassen. – Oh, vielen Dank!«

Yanagi-san nahm die beiden fertigen Lunchboxen, die

ihm über die Theke gereicht wurden, lächelnd entgegen, worauf wir dem Imbiss den Rücken kehrten.

Die Frühlingssonne schien. Der Wind hatte sich gelegt und es duftete schwach nach frischem Grün.

»Man muss die Tasten einfach härter anschlagen, dann wird der Ton automatisch heller. Wenn man mehr Gewicht auf die Finger verlagert und den Schwerpunkt tiefer setzt, dann klingt es besser und auch heller. Das Entscheidende ist nicht das Stimmen, sondern die Spieltechnik.«

Das war keine neue Erkenntnis. Manche Kunden wünschten sich deshalb eine noch leichtgängigere Klaviatur, um den Klang in die Höhe zu verschieben, aber da war mechanisch nichts mehr rauszuholen. Mitunter wollten sie es nicht wahrhaben, dass es nicht an den Tasten lag, sondern an der kraftlosen Art ihres Spiels. Da konnten wir tun, was wir wollten.

»Wenn man zum Beispiel den Hocker verstellt, würde sich der Klang ändern, nicht wahr?«, sagte ich zu Yanagi-san, der sofort zustimmend nickte.

»Ja.«

Demnach lag es wohl außerhalb unseres Wirkungsbereichs als Stimmer. Allein durch die Anpassung der Sitzhöhe an den jeweiligen Spieler wird der Anschlag leichter, was wiederum zu einem helleren Klang führt. Die optimale Stuhlhöhe hängt nicht allein von der Körpergröße ab, sondern auch davon, wie sich derjenige beim Spielen bewegt und von den Winkelstellungen seiner Handgelenke und Ellbogen.

»Ich habe einmal eine Aufzeichnung eines Konzerts gesehen, wo an zwei Flügeln zugleich gespielt wurde, mit dem Orchester im Hintergrund. Gewundert hat mich, dass beide Hocker unterschiedlich hoch eingestellt waren, obwohl die Pianisten in etwa die gleiche Körpergröße hatten.«

Yanagi-san nickte wortlos.

»Wenn man genauer hinschaute, konnte man sehen, dass sie ihre Ellbogen unterschiedlich beugen und die Kraft wahrscheinlich dadurch anders in die Finger übertragen wird. Da ich selbst nicht Klavier spiele, hatte ich noch nie darauf geachtet. Ich kann zwar den Kunden nur begrenzt Ratschläge erteilen, aber vor dem Stimmen bitte ich sie jedes Mal, kurz auf dem Hocker Platz zu nehmen und mir etwas vorzuspielen, damit ich die Tonhöhe richtig justieren kann. Das beeinflusst schon die Klangfarbe.«

»Das ist richtig. Oft ist die Sitzposition viel höher oder niedriger, als der Betroffene annimmt.«

Manchmal ist es vorteilhafter, näher am Klavier zu sitzen, manchmal empfiehlt es sich, mehr Abstand zu halten. Allein durch die Sitzposition kann die Klangfarbe aufgehellt werden.

»Trotzdem …«

Ja, trotzdem. Egal, wie sehr wir uns um Qualität bemühen, mitunter kann man es dem Kunden dann doch nicht recht machen. Meistens kommt gar keine Reaktion.

»Es kommt auch vor, dass ich überhaupt nicht kapiere, was der Kunde will.«

»Ja, das kenne ich«, versuchte mich Yanagi-san zu trösten. »Andererseits sind es vielleicht nur wir, die den perfekten Kammerton a' bei 440 Hertz anstreben, während der Kunde bloß einen individuell schön gestimmten Basiston möchte.«

Ja klar. So konnte man das auch interpretieren.

Er trug die Plastiktüte mit den beiden Lunchboxen, während wir weiterliefen.

»Ich finde es fantastisch, dass man das alles in 440 Hertz zum Ausdruck bringen kann. Jedes Klavier ist zwar eigenständig, aber irgendwie sind alle klanglich miteinander verbunden, kommunizieren über diese Frequenz.«

Am Ende war mir mein Mitteilungsdrang etwas peinlich. Erstaunlich, wie viele Worte aus mir heraussprudelten.

Wir setzten uns auf einen der Betonquader neben der Randbepflanzung am Parkplatz. Endlich war der lange Winter vorbei, und wir genossen es, wieder einmal in der Sonne unseren Lunch zu uns zu nehmen. Es war zwar immer noch kühl, aber nachdem ich Stunden in schlecht gelüfteten Zimmern an Klavieren herumgefummelt hatte, merkte ich, wie erholsam es war, im Freien zu sitzen und sich mit jemandem austauschen zu können.

Manchmal musste ich an Akino-sans überhebliche Bemerkung denken, dass sich die meisten Kunden mit einer 08/15-Stimmung begnügen würden, wo nur hohe und tiefe Töne zur Geltung kommen. Ich kann die Frustration verstehen, wenn man sich abgemüht hat, um einen vernünftigen Klang hinzukriegen, und die Leistung dann nicht gewürdigt wird, während man bei einer 08/15-Stimmung mit Lob und Dank überschüttet wird. Kurzum, dem Kunden ist es egal, ob man sein Bestes gibt oder ein mittelmäßiges Ergebnis erzielt. Einen guten Klang hervorzubringen, ist unser einziger Auftrag. Und wenn dem Kunden prägnante hohe und tiefe Lagen ohne ausgefeilte Mittellage zusagten, dann wäre es nicht unbedingt falsch, seinem Wunsch zu entsprechen. Aber dennoch …

Meine Gedanken drehten sich im Kreis.

»Was ist denn?«

Yanagi-san schaute mich amüsiert an, während er die Essstäbchen auseinanderbrach. Offenbar hatte ich vor mich hin gemurmelt.

»Ach, nichts.«

Aber dennoch … Ja, dennoch: Wird dadurch nicht eine Möglichkeit zunichtegemacht? Die Vision, einem wahrhaft wundervollen Klang zu begegnen, der einen zutiefst berührt? So wie ich es damals in der Turnhalle erfahren hatte.

Vielleicht werde ich selbst nie die Fähigkeit dazu besitzen. Noch bin ich Lichtjahre davon entfernt. Aber wenn man sich nicht auf Herausforderungen einlässt, wird man auch niemals etwas erreichen.

11

Plötzlich stiegen die Temperaturen, und eine Runde an der frischen Luft genügte, um die Laune zu heben. Normalerweise gehe ich eher selten aus, aber an diesem freien Tag war ich froh, draußen zu sein. Froh, eine Verabredung zu haben.

Ungefähr jetzt müssten doch auch die Weißbirken auf einen Schlag austreiben, dachte ich.

Unterwegs erinnerte ich mich an unser kleines Dorf in den Bergen. An jenen Frühling, als ich von dort fortging und meinen kleinen Bruder zurückließ.

In dem Weiler gab es nur eine Grund- und eine weiterführende Mittelschule, die die Schulpflicht abdeckten.

Um auf eine Highschool zu gehen, musste man mit fünfzehn das Dorf – und damit die Familie und die Berge – verlassen. Das galt für meinen Bruder genauso, nur ging er zwei Jahre nach mir. Aber in meiner subjektiven Zeitempfindung ging diese Rechnung nicht auf. Aus meiner Sicht hatte er am Ende zwei Jahre mehr zu Hause verbracht als ich, denn so weit ich zurückdenken kann, gab es keine Zeit ohne ihn.

Je öfter ich darüber nachdachte, umso zutreffender erschien mir die Vorstellung, dass er länger als ich daheim geblieben sei. Auch jetzt kam mir der Gedanke wieder, als ich durch die Stadt schlenderte.

Im Grunde fühlte ich mich zu Hause nie so richtig

wohl, besonders nicht, wenn mein Bruder mit meiner Mutter und Großmutter herumalberte, was mich sofort in die Flucht trieb. Ich verschwand durchs Gartentor in den nahegelegenen Wald. Wenn ich dort ziellos umherstreifte, die sattgrüne Vegetation roch und das Laub über mir rascheln hörte, war mir das ein Trost. Das stete Unbehagen, fehl am Platz zu sein und nicht zu wissen, wo ich hingehörte, verflüchtigte sich sofort, sobald meine Füße über den mit Gras überwucherten Waldboden stapften und ich das Zwitschern der Vögel in den Baumwipfeln sowie ferne Tierlaute von den Bergen her vernahm. Erst dann konnte ich mich vollends entspannen.

Die gleiche Empfindung erlebe ich am Klavier. Ich fühle mich angenommen, bin in Harmonie mit der Welt. Mit Worten lässt sich diese wunderbare Erfahrung nicht vermitteln, deshalb versuche ich, durch das Klavier die Stimmung des Waldes zum Klingen zu bringen.

Ich entdeckte das kleine Schild am Straßenrand und stieg die schmale Treppe hinab ins Souterrain. Am Eingang des Clubs zeigte ich meine Eintrittskarte vor, ein simples Stück farbigen Zeichenpapiers mit schwarzem Aufdruck.

»Such dir drinnen einen geeigneten Platz und warte dort auf mich.«

Das waren Yanagi-sans Worte gewesen, als er mir am Tag zuvor das Ticket in die Hand gedrückt hatte, aber so einfach war das nicht. Wo war ein geeigneter Platz?

Mit der Karte bekam man ein Freigetränk, das ich mir gleich an der Bar holte. Das Publikum schien im Durchschnitt etwas älter zu sein als ich, und es herrschte eine ausgelassene Stimmung im Raum. Die meisten wirkten ziemlich hip, zumindest, was ihre Frisuren betraf. Viele hatten blondierte oder rot gefärbte Haare. Sie schienen cool, viel selbstbewusster als ich, was mich ziemlich einschüchterte. Also hielt ich mich am Rand.

Ich nippte am Ginger Ale im Pappbecher und las die Bandnamen auf dem Plakat. Keine der sieben angekündigten Gruppen war mir ein Begriff. Welche davon war wohl Yanagi-sans Favorit?

Das Ginger Ale war mir zu süß, deshalb ließ ich den noch halb vollen Becher auf dem Tresen stehen. Die Bedienung warf mir einen schrägen Blick zu.

Die Türen zum Veranstaltungsraum standen sperrangelweit offen. Ich betrat den dunklen Saal, wo sich bereits Zuschauer vor der Bühne drängten. Auf dem schwach beleuchteten Podium befanden sich einige Standmikrofone, riesige Boxen und Verstärker, dahinter war ein Schlagzeug aufgebaut. Es gab zwei Keyboards, aber kein Klavier.

»Es geht gleich los«, verkündete ein Ansager, worauf die restlichen Leute aus dem Foyer in den Saal strömten. Ich wurde immer mehr Richtung Bühne geschubst. Yanagi-san konnte ich nirgends ausmachen.

Das Hintergrundgedudel verstummte und das Publikum jubelte. Schrilles Kreischen dröhnte durch den Raum. Alle grölten durcheinander. In dem Gewühl würde mich Yanagi-san niemals finden. Die Leute drängelten aus allen Richtungen. Als die Scheinwerfer aufleuchteten, wurde der Jubel noch frenetischer. Die Bandmitglieder traten von der Seite auf die Bühne. Einer hatte seine Gitarre unter den Arm geklemmt, ein anderer hielt die Trommelstöcke über dem Kopf und der dritte … Halt! Mein Blick sprang zurück zu dem Drummer. Der Typ kam mir irgendwie bekannt vor.

»Nein!«

Mein überraschter Ausruf wurde sogleich vom Grölen der Zuschauer, dem Gitarrengeheul und vor allem von den Trommelwirbeln, die Yanagi-san nun vollführte, übertönt.

Der stakkatoartige Rhythmus übertrug sich sofort in mein Becken. Ebenso der wummernde Bass, die schnellen Läufe der Gitarre und der vibrierende Gesang. Meine Sinne waren wie betäubt. Die Menge um mich herum hüpfte und johlte, viele sangen mit oder stießen gellende Schreie aus – alle waren komplett aus dem Häuschen. Die zuckenden Bewegungen des Sängers heizten die Stimmung noch mehr an. Yanagi-san hinter dem Schlagzeug, Schweißperlen im Gesicht, wirkte amüsiert, als würde er das wilde Treiben eher gelassen beobachten.

Es war einfach zu laut. Schwer zu sagen, ob die Stimme und der Sound gut klangen. Das spielte hier wahrscheinlich aber auch keine Rolle. Der Reiz bestand in etwas anderem. Geblendet kniff ich die Augen zusammen, um Yanagi-san zu erkennen.

Nach vier Songs trat die Band unter Jubel und Applaus ab. Sobald die schwache Saalbeleuchtung anging, verebbte die Euphorie. Ich nutzte die Gelegenheit und bahnte mir einen Weg durch die Menge in Richtung Foyer. Ich hatte mich noch nicht von dem Schock erholt, dass Yanagi-san in einer Punkband spielte und noch dazu Schlagzeug. Wieso ausgerechnet Schlagzeug? War das nicht schädlich fürs Gehör? Meine Ohren summten immer noch, obwohl die Band längst aufgehört hatte.

»Tomura-kun?«

Hatte da jemand meinen Namen gerufen? Wahrscheinlich nur eine akustische Halluzination. Bei Live-Konzerten sollte ich meine Ohren besser schützen.

»Tomura-kun?«

Schon wieder. Hatte Yanagi-san mich etwa entdeckt? War er nicht mit seinen Kumpanen unterwegs, um den Auftritt zu feiern?

»Hey, du bist doch Tomura-kun, oder irre ich mich?«

Jetzt hörte ich meinen Namen unverkennbar dicht hinter mir. Als ich mich umdrehte, stand eine Fremde vor mir. Eine hübsche Frau mit kurzen Haaren, die ihren schlanken Hals freigaben.

»Na bitte, richtig geraten.«

Die Frau grinste.

»Ich heiße Hamano. Ich kenne Yanagi schon ewig. Wir sind befreundet. Er sagte mir, ich soll hier auf dich warten. Nach seiner Beschreibung habe ich dich sofort erkannt.«

Einen Moment lang fragte ich mich, wie er mich wohl beschrieben haben mochte, doch dann kapitulierte ich vor ihrem Lächeln.

»Ach ... äh ... freut mich, Sie kennenzulernen«, stammelte ich.

»Gleichfalls.«

Wir verneigten uns voreinander.

Aus ihrem Mund klang der Name ihres Freundes so ungewohnt locker, dass man einen anderen Menschen dahinter vermutete. Als wären es zwei verschiedene Yanagis, die nur denselben Namen trugen.

Die Saaltüren wurden wieder geschlossen. Vermutlich trat jetzt die nächste Band auf.

»Yanagi-san spielt gut«, brachte ich schüchtern hervor. Fast kam es mir so vor, als spräche ich über einen Fremden.

»Ja, nicht wahr? Präzise wie ein Metronom.«

Ich nickte.

»Präzise und kraftvoll. Und es macht ihm einfach total Spaß!«

»Ja, wie schön, dass es ihm Spaß macht.«

Mit zusammengekniffenen Augen zündete sie sich eine Zigarette an.

»Yanagi liebt Metronome.«

Sie kicherte.

»Er wäre bestimmt sauer, wenn er wüsste, was ich hier über ihn ausplaudere.«

Geräuschvoll stieß sie den Rauch aus.

»Wir kennen uns, seit wir klein waren. Wir sind seit über zwanzig Jahren zusammen und wissen alles voneinander.«

Es musste wundervoll sein, eine hübsche Freundin zu haben und so vertraut mit ihr zu sein.

Mir kam niemand in den Sinn, mit dem ich ein solch inniges Verhältnis haben könnte, selbst wenn ich von der Attraktivität absah.

Als sie die Zigarette zum Mund führte, blitzte ein silberner Ring an ihrer linken Hand auf. Ob das derselbe war, den Yanagi-san ihr seinerzeit in dem Kästchen mit der Schleife überreichen wollte? Den Totenschädel darauf fand ich allerdings etwas gruselig.

»Tomura-kun, du kümmerst dich um Yanagi, ja?«

»Äh, also eigentlich ist es eher andersrum.«

Es machte mich verlegen, worauf sie ihre wohlgeformten Lippen nachdenklich spitzte.

»Du musst nämlich wissen, Yanagi ist hochsensibel.«
»Ach wirklich?«
»Zum Beispiel kann er Münztelefone so gar nicht ab.«
Ich hatte mich wohl verhört. Nach der lauten Musik klingelten mir noch immer die Ohren.

Als sie mein verdutztes Gesicht sah, lieferte sie die Erklärung nach.

»Du kennst ja die Telefonzellen, die in den grellen Neonfarben. Er kann dieses scheußliche Gelb-Grün nicht ertragen. Ihm wird fast übel davon.«

Bei mir kamen nur Satzfetzen an. Das Wort ›übel‹ schwebte haltlos in der Luft.

»Was soll das heißen, von Gelb-Grün wird ihm übel?«
Hamano-san drückte die Kippe im Aschenbecher aus. Ihre lackierten Nägel glänzten.

»Na ja, wenn er durch die Stadt läuft und diese Telefonzellen sieht, wird ihm fast übel. Er ist eben hochgradig empfindlich. Seine Augen nehmen Dinge wahr, die anderen gar nicht auffallen. Ich rede nicht von Gespenstern und dergleichen, aber ihm springen eben genau die Dinge ins Auge, die er nicht sehen will. Vor allem hasst er aufdringliche Zeichen und Schilder. Er bezeichnet sie als seine Todfeinde.«

Sie musterte mich eindringlich, um sich zu vergewissern, ob ich auch verstand, was sie mir soeben erzählt hatte.

»Wie reagiert er denn, wenn er auf Telefonzellen oder Schilder trifft?«

»Er macht auf der Stelle kehrt und legt sich zu Hause ins Bett.«

Sich zu Hause schlafen legen. Das mag einem ziemlich

exzentrisch vorkommen, aber wenn er sich dann besser fühlte, so fand ich nichts weiter dabei.

»Zuerst dachte ich, so kann man doch kein Leben führen. Ich hatte die Befürchtung, dass er sich irgendwann völlig zu Hause einigeln würde.«

Glücklicherweise hatte er das nicht getan, sondern sich überwunden, um sich in dieser Welt, in der es von grellen Dingen nur so wimmelt, zurechtzufinden. Was hatte ihn davor bewahrt? Vielleicht die hübsche Frau, die vor mir stand, Hamano-san?

»Was ihn auch ganz verrückt macht, ist der Schmutz überall. Wenn wir spazieren gehen, regt er sich ständig über die dreckigen Straßen auf.«

»Auch wenn sie gerade gereinigt wurden?«, fragte ich ungläubig.

»Wo immer er auch langgeht. Letztendlich meint er die Welt, die Menschen, das gesamte Leben. Er sagt, dass es nicht zum Aushalten schmutzig sei.«

Es kam mir vor wie ein absurder Scherz. Ihr ›Yanagi‹ und Yanagi-san konnten kaum derselbe Mensch sein.

»Ist das nicht taktlos mir gegenüber? Ich muss mich doch neben ihm zwangsläufig völlig unsensibel und ignorant fühlen.«

Ich versuchte, diplomatisch zu sein.

»Der Yanagi-san, den ich kenne, ist sanftmütig und zuverlässig. Dass er so sensibel ist, ist mir noch nicht aufgefallen.«

»Ja, es war ein hartes Stück Arbeit, ihn dahin zu bringen. Während der Pubertät wurde seine Überempfindlichkeit noch verstärkt. Damals wurde ihm fast bei jedem Anlass schlecht, er hielt sich den Kopf, weil ihm speiübel wurde, und suchte verzweifelt nach einer Zuflucht. Aber einen solchen Ort, wo er Ruhe und Geborgenheit finden konnte, gab es nicht. Die einzige Rettung bestand darin, nach Hause zu gehen und sich die Decke über den Kopf zu ziehen. Wenn das nicht möglich war, hockte er sich hin, schloss die Augen und hielt sich die Ohren zu. Dann wollte er am Rücken gestreichelt werden. Ich kann dir nicht sagen, wie oft ich das getan habe.«

Ich konnte mir diesen Yanagi-san schwer vorstellen.

»Das Metronom hat ihn gerettet«, sagte Hamano-san in halb scherzhaftem Ton.

»Ich meine die analogen, zum Aufziehen. Er hatte herausgefunden, dass ihn das Ticken beruhigt. Er meinte, wenn ich nicht bei ihm wäre, würde ihm das helfen. Stell dir mal vor, den ganzen Tag tick-tick-tick – wieder aufziehen –, tick-tick-tick – da wird man doch verrückt, wenn man das mithören muss.«

Ein Metronom. Dieser Yanagi-san war mir wiederum etwas vertrauter. Hamano-sans Erzählung schlüpfte nun in meinen Körper, wo Yanagi-san übergroß Gestalt annahm.

Sich an etwas klammern, es als Krücke benutzen, um sich aufzurichten. Etwas, das die Welt in den Fugen hält. Ein probates Mittel, das einem zum Überleben hilft, dessen Abwesenheit jedoch Leben unmöglich macht.

»Ich glaube, ich habe es jetzt einigermaßen verstanden«, erwiderte ich.

Als ich damals auf der Highschool in der Turnhalle die Töne vernahm, die Itadori-san dem Flügel entlockte, hatte ich das Gefühl, damit könnte ich mein Leben meistern.

Hamano-san nickte und sog dann aus dem Pappbecher

mit Eistee die Eisstückchen durch den Strohhalm, die sie anschließend geräuschvoll zerkaute.

»Seine nächste Entdeckung war dann ...«, setzte sie belustigt an, als Yanagi-san sich zu uns gesellte.

»Hey, Tomura-kun!«

Seine Wangen waren gerötet.

»Na, wie fandst du es? Hattest du Spaß?«

»Du bist ja früh dran. Ich hatte gedacht, du brauchst noch etwas länger«, sagte Hamano-san, während sie mit dem Strohhalm im Eistee rührte.

»Ich wollte euch nicht unnötig lange warten lassen.«

»Das war großartig, Yanagi-san!«

»Ah, *thank you*! Gehen wir gleich noch was essen?«

Ich lehnte ab.

»Wie, du kommst nicht mit?«

Hamano-san schien ganz perplex.

»Wir waren gerade mitten im Gespräch. Und der spannende Teil kommt ja erst noch ...«

Yanagi-san unterbrach sie:

»Soso. Worüber habt ihr denn gesprochen?«

»Über eine Entdeckung«, grätschte ich dazwischen.

»Hm.«

Hamano-san lachte.

»Na, dann bis zum nächsten Mal!«

»Ja, gern.«

Ich verneigte mich zum Abschied und stieg dann die Stufen zum Ausgang hinauf.

Ich konnte mir die Entdeckung vorstellen, die auf das Metronom folgte. Etwas, dessen Anwesenheit ihn beruhigte. Mit dem er alles ertrug, ohne dass Hamano-san ihm den Rücken streicheln musste. Eine Stimmgabel, ein

Schlagzeug oder auch ein Klavier. Damit konnte er es in der Welt aushalten, egal, wie schmutzig oder grell sie ihm erschien. Es war kein Mittel, um der Welt zu entkommen, aber es verlieh ihm die nötige Kraft, sich in ihr zu bewegen und eine Zukunft darin zu sehen. Durch eine Reihe von Entdeckungen wurde aus Yanagi der Yanagi-san, den ich kannte. Ich könnte mir vorstellen, dass es der Klang war, den er über das Klavierstimmen in die Welt entsenden konnte, was ihm letztlich das Gefühl verlieh, sich aufrichten zu können und vorwärts zu schreiten. Hatte er die Welt, die ihm so schmutzig erschien, akzeptieren können? Oder andersherum: hatte sie ihn akzeptiert?

Als ich wieder auf der Straße stand, fühlte ich mich geblendet. Der Himmel war klar und die Abendsonne tat gut.

12

In Hokkaidō schneit es nur an wärmeren Tagen. An sehr kalten schneit es garantiert nicht. Der Himmel ist dann durchscheinend klar und sein knalliges Blau sticht einem in die Augen. Das gilt jedoch nur für den Winter. Wenn es wie jetzt im Mai schneite, dann war es entschieden zu kalt für die Jahreszeit.

In der Stadt herrschte deshalb eine ungewöhnliche Hektik.

»Es schneit, und das Mitte Mai!«

Genervt schaute Yanagi-san zum Himmel.

»Bei solch einem launischen Wetter spielt doch alles verrückt.«

Die prallen Knospen der Kirschbäume waren mit weißen Häubchen bedeckt.

»Hoffentlich blühen sie noch auf.«

Das Klima in den Bergen unterschied sich von dem in der Stadt. In Höhenlagen war Schnee zu dieser Jahreszeit keine Seltenheit. Nach der Goldenen Woche, den Feiertagen im Mai, häufte sich der Schnee noch einmal an, und sobald dieser weggeschmolzen war, kam endlich der richtige Frühling. Im März rechneten wir noch ständig mit Schneefällen, und wenn der April dann überstanden war, freuten wir uns auf den Mai. Nach der letzten Schneeschmelze, wenn die Temperaturen es zuließen, trieben die Kirschbäume aus. Sie hatten zwar eine Art inneren Kalender, aber wenn die Außentemperatur davon abwich, dann weigerten sie sich, pünktlich aufzublühen.

»Kirschblütenschau schön und gut, aber vor allem sind es die Klaviere, die beim Stimmen auf den Schnee reagieren.«

In Haushalten, wo oft gespielt wird, werden die Klaviere halbjährlich gestimmt, aber normalerweise reicht einmal pro Jahr, und das dann immer zur gleichen Zeit, damit die Bedingungen – Temperatur, Luftfeuchtigkeit und Luftdruck – in etwa übereinstimmen.

Ich war mit Yanagi-san zu einem Kunden unterwegs. Sein Klavier musste komplett neu gestimmt werden. Diese Aussicht war an sich schon frustrierend genug, und dann noch der hinderliche Schnee.

»Wie immer gute Arbeit, Yanagi-san!«, lobte ihn der Kunde gut gelaunt, nachdem er geschwind in einem Glissando seine Finger über die Tasten gleiten ließ. Der Mann hieß Kamijo und war Pianist in einer Bar.

»Ich bin vollauf zufrieden. Nein, sogar mehr als das. Ihre Leistung übersteigt meine Erwartungen. Könnte ich Sie doch jeden Tag buchen!«

Er strich sich über sein Ziegenbärtchen und lächelte selbstgefällig.

Yanagi-san senkte bescheiden den Kopf und bedankte sich.

»Wissen Sie, neuerdings fühle ich mich an manchen Tagen nicht so energiegeladen. Dann wäre ein leichterer Anschlag mit einem hellen Klang passender. Oder vielleicht irre ich mich auch. Gerade dann sollte der Klang so wie jetzt schwermütiger sein, um meine Stimmung wiederzugeben. Das Publikum freut sich immer, wenn es den typischen ›Kamijo‹-Sound zu hören bekommt.«

Sein hochtrabendes Getue entsprang nicht nur seiner guten Laune, sondern es schwang auch Schadenfreude darüber mit, mir eins auswischen zu können.

Vor gut einem Monat war ich bereits bei dem Kunden, den ich von Yanagi-san übernommen hatte, gewesen. Ich wusste über ihn nur, dass er ein professioneller Pianist war. Das Klavier hingegen war in einem ungepflegten Zustand, es schien kaum in Gebrauch zu sein. Nicht mal, als ich es stimmte, hielt sich der Typ in meiner Nähe auf. Er äußerte auch keine speziellen Wünsche bezüglich des Klangs.

Erst vor ein paar Tagen hatte er dann im Geschäft angerufen, um sich darüber zu beschweren, dass die Resonanz der Töne zu wünschen übrig lasse, was seiner Ansicht nach an dem Personalwechsel liege. Die Reklamationsfrist von vier Wochen für eine kostenlose Nachbesserung war knapp überschritten, und überdies verlangte er nach seinem üblichen Stimmer.

Nun stand ich also hier neben Yanagi-san und beobachtete ihn bei seiner Arbeit. Er hatte zwar gesagt, ich bräuchte ihn nicht zu begleiten, aber ich wollte ihm gerne zuschauen, um dazuzulernen. Wie immer wirkten seine Handgriffe versiert. Wenn ich sah, wie zügig und routiniert er hantierte, konnte ich gut nachvollziehen, dass die Kunden sich lieber auf sein Können verließen. Oder umgekehrt, dass sie meine Fähigkeiten zu Recht in Zweifel zogen. Selbst, wenn wir das gleiche Ergebnis erzielten, wären sie mit meiner Arbeit wohl weniger zufrieden.

»*Improvisation* sagt Ihnen was, oder?«

Kamijo-san benutzte das englische Wort, als er sich demonstrativ nur an Yanagi-san wandte.

»Sie meinen, aus dem Stegreif spielen?«

»Ganz genau, Yanagi-san!«

Er strahlte übertrieben.

»Das Publikum in der Bar will oft, dass ich improvisiere. Das ist eine ziemliche Herausforderung. Es sind anspruchsvolle Gäste, und die Stücke selbst sind schon vertrackt genug. Aber ich finde das äußerst reizvoll.«

Yanagi-san stimmte ihm höflich zu.

»Sie wissen, was ich meine. Improvisation ist in meinem Fall das A und O. Intuitiv zu erfassen, was die Gäste wollen und dann ihren Vorstellungen entsprechend Klänge zu erschaffen.«

»Genauso bemühen wir uns, die Wünsche unserer Kunden zu erfüllen.«

Die leicht trotzig klingende Entgegnung von Yanagi-san schien dem Pianisten nicht so recht zu behagen, denn das Lächeln verschwand augenblicklich aus seinem Gesicht.

»Mir können Sie nichts vormachen. Dieser Junge ist doch ein Azubi, habe ich recht? Wieso schicken Sie mir so einen Stümper? Ich verdiene immerhin meinen Lebensunterhalt mit Klavierspielen und bin seit Jahren Stammkunde bei Etō. Für wie dumm halten Sie mich?«

Belämmert stand ich daneben, als Kamijo lospolterte, ohne mich eines Blickes zu würdigen.

»Er ist kein Azubi, sondern ein ausgebildeter Klavierstimmer.«

»Aber offenbar untauglich«, setzte Kamijo-san nach.

»Ganz und gar nicht. Er ist zwar noch jung, aber er macht seine Sache gut.«

Yanagi-san blieb eisern, worauf Kamijo-san, die Arme vor der Brust verschränkt, ungehalten den Kopf schüttelte.

Da die Monatsfrist für die verlangte Nachbesserung bereits überschritten war, stellte Yanagi-san dem Kunden seine Arbeit in Rechnung, auch wenn er dadurch riskierte, dass Kamijo-san unserer Firma vermutlich nie wieder einen Auftrag erteilen würde.

»Da ist sicher was dran, dass es für einen Pianisten eine Erleichterung wäre, wenn er einen persönlichen Stimmer hätte, der sich jeden Tag um sein Klavier kümmert.«

Wir liefen durch die wirbelnden Schneeflocken über den Parkplatz. Ich hatte das Gefühl, vage auf etwas zuzusteuern, was mir noch verborgen blieb.

»Das gilt allenfalls für einen Konzertflügel.«

Yanagi-sans Antwort klang barsch. Er wirkte missgelaunt.

»Ich halte es für Blödsinn, ein Klavier täglich nach Lust und Laune neu zu stimmen. Das kann man vielleicht bei anderen Instrumenten machen.«

Da mochte er recht haben. Den Klang eines Klaviers zu bestimmen, obliegt nicht allein dem Pianisten. Jedes Klavier hat seinen eigenen Charakter. Und ebenso der Pianist. Die richtige Klangfarbe ergibt sich erst durch die Abstimmung beider Komponenten. Bleibt zu hoffen, dass ein Pianist auf dieses Zusammenwirken zwischen ihm und dem Klavier vertraut.

»Nimm zum Beispiel ein exquisites Restaurant ...«

Oje, nicht schon wieder ... Ich machte mich darauf gefasst, dass Yanagi-san mir eine Kostprobe aus seiner

Sammlung skurriler Vergleiche auftischte, von denen die meisten mit Essen zu tun hatten.

»Wie angenehm wäre es doch, wenn man dort ein Menü für mich zusammenstellen würde, das ganz auf meine aktuelle körperliche Verfassung und Gemütslage abgestimmt wäre. Aber wenn ich das Restaurant für qualitativ gut halte, würde ich doch den Koch nicht darum bitten, das Würzen der Speisen meiner Tageslaune anzupassen. Oder, Tomura-kun?«

»Nein, das würde man nicht tun.«

»Genau. Wir lassen uns auf das ein, was die Speisekarte zu bieten hat, und vertrauen darauf, dass der Koch weiß, was er tut ...«

Ich nickte schweigend. Mir war klar, worauf er hinauswollte. Aber er hatte gut reden, denn er besaß das nötige Selbstvertrauen.

»Nun, der Gast sollte natürlich schon beim ersten Bissen von der Qualität des Restaurants überzeugt werden.«

»Ja.«

»Ein wahrhaft guter Koch muss sich große Mühe geben, damit der Gast das Mahl auch bis zum letzten Bissen genießen kann. Beim Klang des Klaviers ist es das Gleiche. Man sollte erstaunt aufhorchen, wenn der erste Ton erklingt, aber dieses Versprechen sollte bis zum letzten Ton gehalten werden.«

Keine leichte Aufgabe. Ich wäre schon damit zufrieden, wenn ein Kunde mich im Laufe der Zeit irgendwann auch zu schätzen lernte. Aber wenn es dem Stimmer an selbstbewusstem Auftreten mangelt, wie soll dann der von ihm erzeugte Klang von Anfang an den Zuhörer betören?

Yanagi-san warf mir einen Seitenblick zu und biss sich auf die Lippen.

»Nimm dir das nicht so zu Herzen.«

Aufmunternd klopfte er mir auf die Schulter.

»Du hast überhaupt nichts falsch gemacht.«

»Danke.«

Mir war es peinlich, ihn damit zu belasten. Aber wenn das stimmte, wieso hatte sich der Kunde dann über mich beklagt? Er behauptete sogar, ich sei ein Stümper.

»Er war einfach mies gelaunt. Das ist er oft. Es bringt nichts, sich deswegen zu grämen.«

Offenbar überlegte Yanagi-san, wie er mich noch weiter aufmuntern konnte, als er sinnend am Regenschirm vorbei in den weißen Himmel blickte.

»Deine Bemühungen sind ganz und gar nicht für die Katz«, sagte er schließlich, ohne mich anzusehen.

»Wieso auch?«, entfuhr es mir.

Yanagi-san schien nun ebenso verblüfft, als er ein knappes »Äh?« verlauten ließ.

Wir blieben stehen und schauten uns an.

»Dass es für die Katz sein könnte, habe ich nie gedacht.«

Yanagi-san schmunzelte, meine Direktheit schien ihn zu amüsieren.

»Wirklich? Dir ist nie der Gedanke gekommen, dass es reine Zeitverschwendung sein könnte?«

Aus seinem Schmunzeln wurde ein lautes Lachen, als er die Beifahrertür öffnete. Dann fragte er mich neugierig:

»Hast du noch nie etwas bereut oder dich im Nachhinein gefragt, ob es nicht völlig vergeblich war?«

»Vergeblich? Hm, ich bin nicht sicher …«

Einerseits hatte ich das Gefühl, dass nichts, was man tut, reine Zeitverschwendung sei, während ich zugleich fand, dass im Grunde das ganze Leben völlig vergeblich war. Auch meine Arbeit und überhaupt, dass ich hier war.

»Sieh mal, ich meinte es so ...«

Yanagi-san klappte den schwarzen Schirm raschelnd auf und zu, um den Schnee abzuschütteln. In Hokkaidō benutzt kaum jemand einen Schirm, wenn es schneit, aber für uns Stimmer ist er unverzichtbar, um unsere wertvollen Werkzeugkoffer vor Nässe zu schützen.

»Wenn man sich nicht vorstellen kann, dass etwas vergeblich sein könnte, dann kann man auch den Sinn des Wortes gar nicht wirklich erfassen, denke ich.«

Mit zufriedener Miene kletterte er in den Wagen.

»Du musst noch eine Menge lernen, Tomura-kun. Aber zugleich habe ich das Gefühl, dass ich gerade unheimlich viel von dir gelernt habe.«

»Oh, gern geschehen ...?«, erwiderte ich vage, bevor ich den Motor anließ.

Es gibt keine Abkürzung durch den Wald. Man muss sich Schritt für Schritt vorantasten, indem man seine Fähigkeiten und Techniken verfeinert. Aber zuweilen wünschte ich es mir innig. Wünschte mir, ich sei mit Wunderfingern und Wunderohren gesegnet. Ich hoffte, dass sie sich eines Tages urplötzlich wie Blüten entfalteten. Wie fantastisch wäre es doch, wenn ich auf der Stelle den Klavierklang erzeugen könnte, der mir im Geiste vorschwebte. Mein Ziel, auf das ich zusteuerte, lag noch weit entfernt in der Tiefe des Waldes.

»Ich glaube wohl tatsächlich, dass nichts vergeblich ist.«

Der Wagen fuhr langsam an, wobei die Reifen die noch unberührte weiße Decke des überraschenden Schnees durchpflügten.

»Manchmal kommt es mir so vor, Tomura-kun, dass du im Grunde ein gieriger Wolf in einem bescheidenen Schafspelz bist.«

Yanagi-san stellte seine Lehne zurück und streckte sich behaglich auf dem Sitz aus.

Wäre das Klavierstimmen eine individuelle Angelegenheit und ginge es rein um das harmonisch gestimmte Klavier, dann könnte man jede Abkürzung nehmen. Anstatt zu Fuß zu gehen, könnte man sich ins Taxi setzen. Aber die Arbeit des Stimmers wird erst dann vollendet, wenn jemand auf dem Klavier spielt. Deshalb bleibt einem der Fußmarsch nicht erspart. Die Strecke lässt sich nicht mittels eines einzigen Sprungs zurücklegen, wenn man die Wünsche des Spielenden berücksichtigen möchte, auch, um nachbessern zu können. Einen Fuß vor den anderen, einen Schritt nach dem anderen, mich stets vergewissernd, während ich vorangehe. In der Sorgfalt, mit der man diesen Pfad beschreitet, hinterlässt man Fußspuren. Verirrt man sich mal, dann dienen einem diese Fußspuren als Wegmarken: um herauszufinden, wie weit man zurückgehen sollte, wo man Fehler gemacht hat. Man kann durchaus nachbessern. Man hat alles gegeben, erinnert sich mit den eigenen Ohren und den anderen Sinnen, wo es gehakt hat, und dennoch kann man, während man weiter sein Ziel verfolgt, unterwegs auf die Wünsche des anderen eingehen.

»Ah!«

Der Laut entfuhr mir ganz leise, aber Yanagi-san, der

neben mir auf dem Beifahrersitz zu dösen schien, schreckte davon auf.

»Was ist?«

»Schon gut.«

»Fahr vorsichtig. Der Wagen hat keine Winterreifen. Wer rechnet so spät denn schon mit Schnee?«

»Eine angesagte Ramen-Bude mit regem Zulauf«, kam mir in den Sinn.

»Äh?«

Wenn man nicht weiß, wer das Nudelgericht essen wird, würzt man die Tunke so schmackhaft, dass der erste Bissen unvergesslich bleibt. Und wenn man es weiß, dann kann man nachwürzen und den Geschmack auf jeden Kunden individuell abstimmen.

»Au ja, sollen wir?«, frohlockte Yanagi-san. »Ab und zu können wir uns das erlauben. Lass uns da vorbeifahren. Wo ist der Laden denn?«

»Tut mir leid, das war nur ein Vergleich.«

Entgeistert schaute er mich an, bevor sich blanke Enttäuschung in seinem Gesicht breitmachte.

»Aber ich verspreche, dass ich fürs nächste Mal eine Bude mit leckerem Ramen ausfindig mache.«

Yanagi-san schloss die Augen und döste sogleich wieder ein.

Während der Fahrt dachte ich über den zurückliegenden Kundenbesuch nach. Es war nicht nur reine Boshaftigkeit gewesen. Dem Klang meiner Stimmarbeit fehlte tatsächlich etwas. Gewiss war Kamijo-san nicht gerade der diszipliniertoste Pianist und vermutlich hatte er sein Klavier daheim eine Zeit lang überhaupt nicht angerührt. Aber als er es dann tat, da nahm er einen gewissen Unterschied wahr. Es klang anders als sonst. Was Yanagi-san gelang, das schaffte ich noch lange nicht. Das war mir natürlich ohnehin klar gewesen, aber trotzdem verunsicherte es mich, von einem Kunden dermaßen abgekanzelt zu werden. Und genauso verunsicherte mich, dass ich weder wusste, was ich da noch nicht hinbekam, noch was ich übersehen hatte.

»Verunsichernd? Was ist verunsichernd?«

Ich erschrak, als Yanagi-san, den ich schlafend wähnte, plötzlich das Wort ergriff. Zugleich war es mir peinlich. Offenbar hatte ich wieder einmal laut gedacht.

»Hatten Sie denn nie Zweifel? Oder Angst? Haben Sie sich in Ihrer Anfangszeit nie gefragt, ob das gut gehen würde mit dem Stimmen?«

Yanagi-san schaute mich von dem weit zurückgelehnten Beifahrersitz an.

»Ob ich Angst hatte? Hm, nein, ich glaube nicht.«

Dann verengten sich seine Augen.

»Hast du etwa Angst?«

Ich nickte wortlos.

»Das ist doch gut. Angst spornt einen an. Man kniet sich richtig rein, man gibt alles. Du kannst sogar noch etwas mehr von dieser Angst gebrauchen. Angst ist eine natürliche Reaktion. Im Moment eignest du dir eine Menge Wissen und Technik an, und das in einem Affentempo.«

Dann fing er wieder an zu schmunzeln.

»Kein Sorge, Tomura-kun!«

»Das sagt sich so leicht. Ich bin zu ungeduldig und ….«

Yanagi-san hob eine Hand, um mich zu unterbrechen.

»Wer macht das denn schon, jeden Abend nach Dienstschluss noch zusätzlich das Stimmen üben an den Klavieren, die bei uns im Geschäft rumstehen? Wie viele Klaviere hast du wohl in deiner Freizeit schon gestimmt? Wer hat stapelweise technische Handbücher auf seinem Schreibtisch liegen? Wenn du die alle durchackerst, verfügst du doch über enorme Kenntnisse. Und daheim hörst du dir überdies auch noch Klaviermusik an. Du bist auf dem besten Weg. Noch ist die Zeit nicht vorbei, wo du Angst haben darfst.«

»Ob man für diesen Beruf talentiert sein muss?«, wagte ich die nächste Frage.

Yanagi-san drehte sich auf dem Sitz nun ganz zu mir.

»Selbstverständlich braucht man auch eine gewisse Begabung dafür.«

Wusste ich's doch! Seine Antwort ließ mich sogar aufatmen. Ich war längst nicht so weit. Denn ich hatte noch nicht einmal das Stadium erreicht, wo mein Talent auf dem Prüfstand stand.

Ich bin nicht begabt. Diese Feststellung erleichterte mich eher. Ich tröstete mich mit dem Gedanken, dass Talent nicht das Entscheidende war, um ein Klavier zu stimmen. Ich sollte mich von diesem bloßen Begriff nicht ins Bockshorn jagen lassen. Ihn nicht als Vorwand nutzen, um die Sache hinzuschmeißen. Erfahrung, Übung, Fleiß, Wissen, schnelle Auffassungsgabe, Beharrlichkeit, und nicht zuletzt Leidenschaft. Damit lässt sich mangelndes Talent wettmachen. Sollte ich eines Tages dann doch feststellen, dass es etwas gibt, was ich nicht ersetzen kann, dann ist immer noch Zeit aufzugeben. Aber die Vorstellung, dass mein Mangel an Talent irgendwann ans Licht kommen würde, erschreckte mich zutiefst.

»Talent zeigt sich in der Hingabe an die Sache, die man liebt. Darin, nicht lockerzulassen. Man könnte es auch Kampfgeist nennen. So denke jedenfalls ich darüber«, erklärte er in sanftem Ton.

13

»Akino-san!«

Es kam keine Antwort.

»Akino-san!«, rief ich erneut.

Schließlich hörte er mich und blickte erschreckt auf.

»Was denn?«

Er fasste sich ans linke Ohr und zog etwas heraus.

»Was haben Sie da?«

»Ohrstöpsel!«

Ihn stören wohl die Geräusche in der Umgebung, dachte ich zunächst, aber dann begriff ich. Er schützt seine Ohren für seine Arbeit, fürs Stimmen.

»Ich habe ein empfindliches Gehör«, bekannte er freimütig. »Was gibt's denn?«

»Darf ich Ihnen mal zusehen?«

»Wobei denn?«

Ich wollte gern genau erfahren, was er mit ›08/15-Stimmen‹ konkret meinte. Ich hatte einfach das Gefühl, dass es mir an allen Ecken und Enden an Kenntnissen mangelte.

»Ich möchte Sie gerne beim Stimmen begleiten.«

Ich verneigte mich.

»Das passt mir gar nicht in den Kram«, reagierte er ziemlich unwirsch.

»Verzeihen Sie, aber mir läge wirklich sehr daran, mitzukommen.«

Ich senkte erneut den Kopf und sah auf die gelben Ohrstöpsel in seiner Hand.

»Ich bezweifle, dass dir das irgendwas bringen wird.«

Ich wertete das als widerwillige Zustimmung und bedankte mich überschwänglich.

»Mach dir mal keine falschen Hoffnungen. Es wird eine ganz gewöhnliche Angelegenheit.«

Genau das wollte ich miterleben. Wie Akino-san auf gewöhnliche Art ein Klavier stimmte.

»Ich freu mich drauf. Danke!«

Mit verdrossener Miene stopfte er sich die Stöpsel wieder in die Ohren.

Am nächsten Tag begleitete ich ihn zu einem tatsächlich ganz gewöhnlichen Kundenbesuch. Ein typisches Einfamilienhaus mit einem Standklavier. Aber wie sich herausstellen sollte, war Akino-sans Art des Stimmens dann alles andere als gewöhnlich.

Er ging extrem zügig vor. Schneller als jeder, den ich bisher erlebt hatte. Einen Vorgang, der normalerweise zwei Stunden in Anspruch nahm, erledigte er in der Hälfte der Zeit. Und es sah so mühelos aus. Es wirkte, als sei Stimmen die einfachste Sache der Welt. Keine überflüssige Geste, aber äußerste Präzision. Ehe man es sich versah, war er mit der Arbeit fertig und schon dabei, die Frontabdeckung zu schließen und den Deckel aus Mahagoniholz mit einem weichen Tuch zu polieren.

Nachdem er die Beyer-Klavierschule wieder an ihren angestammten Platz zurückgelegt hatte, rief er nach der Kundin, die sich im anderen Zimmer aufhielt. Akino-san war kaum wiederzuerkennen, als er sich auf charmantfreundliche Weise mit der Dame des Hauses über den Termin im nächsten Jahr verständigte. Er wirkte immer noch freundlich, als wir das Haus verließen, aber sobald wir draußen waren, setzte er wieder seine abweisende Miene auf.

Ich hatte den Firmenwagen etwas weiter weg geparkt, und wir liefen das Stück gemeinsam dorthin.

»Na, hatte ich recht? Das war wohl nicht besonders aufregend.«

»Doch, ich fand es interessant«, widersprach ich ihm.

»Echt? Ich ganz und gar nicht.«

»Oh, Entschuldigung«, versuchte ich einzulenken.

»Nein, du verstehst nicht, was ich meine.«

Er fuchtelte mit der Hand.

»Es war fix erledigt. Die simpelste Technik reichte völlig aus, um das Klavier dort zu stimmen. Hast du bemerkt, dass dort ein Kind im Grundschulalter mit der Beyer-Klavierschule übt?«

Ich hatte das Notenheft gesehen. Aber es war keine Seltenheit, dass Kinder nach dieser Methode lernten. War ihm das zu gewöhnlich?

»Hast du die Höhe des Hockers bemerkt? Daran erkennt man, dass es sich wohl um ein älteres Grundschulkind handelt. Aber immer noch die Beyer-Schule. Das zeugt nicht gerade von Ehrgeiz«, schnaubte er verächtlich.

»Da ist was dran«, stimmte ich ihm zu, blieb aber skeptisch. Nur, weil jemand nicht besonders fleißig übte, bedeutete das doch noch lange nicht, dass man das Klavier nur halbherzig stimmen sollte.

Außerdem mochte ich Beyer wegen seiner eingängigen,

lieblichen Stücke. Ich hatte mal eine Kostprobe gehört, als ich auf der Straße lief und aus irgendeinem Fenster eine Melodie zu mir drang, die sich dann als eine Komposition von ihm erwies.

»Nur um eins klarzustellen: Ich leiste keine schlampige Arbeit, nur weil ich schnell bin. Meiner Meinung nach reichen dreißig Minuten, um ein Klavier zu stimmen.«

Ich hatte es ja eben selbst miterlebt. Akino-san arbeitete routiniert aufgrund seiner Erfahrung und seines technischen Know-hows. Deshalb erledigte er seinen Job in null Komma nichts.

»Tomura-kun, du hast doch mal gesagt, du könntest es nicht so recht nachvollziehen, dass man sich beim Stimmen auf den Kunden einstellen sollte.«

Erstaunlich, dass er sich das gemerkt hatte, dabei war mir nicht einmal bewusst gewesen, dass ich diesen Gedanken auch laut ausgesprochen hatte.

»Jemand, der einen Motorroller fährt, wird nicht so ohne Weiteres mit einer Harley zurechtkommen. Genau dasselbe gilt für ein Klavier. Wenn der Anschlag zu sensibel reagiert, wird es für einen technisch ungeübten Spieler schwierig.«

Als ich die Wagentür aufschloss, wagte ich es, ihm sanft zu widersprechen.

»Aber mit etwas Training könnte man doch lernen, eine Harley zu fahren.«

»Fragt sich, ob derjenige es lernen will? Auf jeden Fall ist er momentan nicht im Stande dazu. Er macht auch keine Anstalten. Dann wäre es doch sehr entgegenkommend, sich bei der Wartung seines Motorrollers die größte Mühe zu geben.«

Wahrscheinlich hatte er damit nicht ganz unrecht.

»Ich persönlich bevorzuge eine sensiblere Einstellung beim Tastenanschlag. Aber bei dieser Art von Kunden halte ich mich damit zurück. Ich stimme den Klang matter, damit er nicht so nachhallt. Wenn die Tasten etwas mehr Spiel haben, fallen die Fehler beim Spielen weniger auf. Je nach Kunde achte ich darauf, den Klang mehr oder weniger moderat zu stimmen.«

»Verstehe.«

Akino-san kletterte auf den Beifahrersitz und schloss sanft die Tür.

»Das ist natürlich nicht besonders erbaulich. Ich bevorzuge die Harley.«

Er wandte sich ab und sah aus dem Fenster.

Ich konnte dem nichts hinzufügen. Es war nicht so, dass er es nicht hinbekommen hätte. Er tat es einfach nicht. Weil ein zu sensibles Klavier schwieriger zu spielen ist. Er weigerte sich nicht aus Verachtung für den Kunden, sondern aus Respekt. Egal, wie gut ein Grundschüler einen Ball schlagen kann, man kann ihm nicht einfach einen schweren Metallschläger in seine kleine Hand drücken.

»Ich finde es trotzdem schade.«

Für Akino-san, für das Klavier, für den Grundschüler, der nur mit einem Holzschläger üben darf.

Aber Akino-san hatte sich bereits die gelben Stöpsel in die Ohren gestopft und antwortete nicht mehr.

14

»Er kommt hierher! Nächstes Jahr!«
Kitagawa-san war völlig aus dem Häuschen, als sie von der Tournee des berühmten Pianisten erzählte. Ein Klavierstar aus Frankreich, dessen Beiname übersetzt ›Prinz‹ oder ›Edelmann‹ lautete.
»Ooooh!«, sagte ich beeindruckt.
»Wahrscheinlich drüben in der Halle«, ergänzte Kitagawa-san.
Mit ›drüben‹ meinte sie das ›feindliche Territorium‹.
In der Nachbarstadt gab es eine imposante Veranstaltungshalle, die gleich mit mehreren Konzertflügeln ausgestattet war. Wenn ein namhafter Pianist durch Japan tourte und die Konzerte Monate im Voraus ausverkauft waren, dann stellte man ihm immer den Riesenhuber zur Verfügung, mit dem sich die Halle als erstklassig auswies. Das war ausschlaggebend dafür, dass sich die meisten ausländischen Pianisten auf ihrer Tournee für die Nachbarstadt entschieden. Leider durften nur von Riesenhuber autorisierte Mitarbeiter den Flügel stimmen, was unsere Firma automatisch ausschloss.
»Na ja.«
Yanagi-san, der unser Gespräch offenbar belauscht hatte, zuckte darüber erhaben die Schultern.
Als traditionsreicher Klavierbauer schickte der Hersteller immer nur seine eigenen Leute, sogar von weit her. Für

ortsansässige Stimmer waren die Flügel tabu. Die Stimmer von Riesenhuber waren zwar Spitzentechniker, aber auch berüchtigt für ihre Arroganz gegenüber jedem, der nicht diesem renommierten Unternehmen angehörte.

»Dieses Gerede von wegen ›renommiert‹ hat mich schon immer angekotzt«, schaltete sich Yanagi-san ein. »Wahrscheinlich, weil ich nie zu dieser Elite gehören werde. Das ist eine Welt für sich, zu der man als Normalsterblicher keinen Zutritt erhält. Da könnte ich mich auf den Kopf stellen.«

»Auf dem Kopf stehend können Sie denen erst recht nicht das Wasser reichen. Das wäre zu wacklig …«

Yanagi-san schaute mich verdutzt an. Er konnte wohl nicht so recht abschätzen, ob ich scherzte oder es ernst meinte.

»Aber wir haben das Zugpferd Itadori-san in unserem Stall«, betonte er stolz. »Renommee hin oder her, es gibt keinen besseren Stimmer als ihn. Wie oft hat er Pianisten und Publikum erfreut? Selbst in einem Nobelunternehmen wie Riesenhuber gibt es Spitzentechniker und Stümper. Zeigt mir einen besseren Stimmer als Itadori-san! Findest du nicht auch, Tomura-kun?«

»Auf jeden Fall«, stimmte ich ihm zu.

Itadori-san spielte in seiner eigenen Liga.

»*Unsere Klaviere dürfen nur von unseren eigenen Mitarbeitern angefasst werden*, so was Engstirniges! Es gibt unzählige Klaviere auf der Welt und zig Stimmer. Ich könnte es nachvollziehen, wenn man sich in einem Wettbewerb das Recht erworben hätte, Klaviere zu stimmen. Aber die treten ja gar nicht erst in Konkurrenz. Von einem sogenannten ›renommierten‹ Unternehmen kann man eben nicht mehr erwarten, als dass sie sich auf ihren Lorbeeren ausruhen.«

Er blinzelte kurz, als würde er über etwas nachdenken, bevor er mir einen flüchtigen Blick zuwarf.

»Habe ich nicht gerade etwas ganz Cooles von mir gegeben?«

»Na ja, um ehrlich zu sein ...«, sagte ich geradeheraus.

»Nicht? Na gut ...«

Er lachte.

Cool oder nicht, es wäre in jedem Fall besser, einen Stimmer nach seiner Leistung zu beurteilen und nicht nach seiner Zugehörigkeit zu einem bestimmten Unternehmen, wie renommiert auch immer. Aber vielleicht kannte sich ein Stimmer von Riesenhuber schon einfach besser mit diesen Instrumenten aus.

»Sagen Sie mal, Yanagi-kun«, meldete sich nun Akinosan von seinem Platz gegenüber. »Worauf wollen Sie eigentlich hinaus?« Er setzte seine Silberrand-Brille ab und schaute zu uns herüber.

»Ich glaube, Sie überschätzen da Ihre Rolle etwas«, fuhr er fort.

»Ach ja?«

Das ›Ja‹ in Yanagi-sans Antwort kippte ein wenig ins Schrille.

»Es geht dabei doch nicht um uns. Bei Konzerten und Wettbewerben geht es schließlich um das Können der Pianisten.«

»Das ist mir schon klar. Aber auch als Stimmer hat man doch ein Ziel im Sinn.«

Ein Ziel? Ich für meinen Teil wüsste im Moment noch nicht, was für eins.

»Außerdem ist das Klavier nicht allein für den Pianisten da, sondern auch für die Zuhörer. Für jeden, der Musik liebt«, ergänzte Yanagi-san.

Im Büro wurde es plötzlich still.

Akino-san, der gerade dabei war, seine Brille zu putzen, sah auf.

»Yanagi-kun, Sie halten sich wohl für besonders cool?«

Kitagawa-san hinter ihm hielt sich die Hand vor den Mund.

»Oh, jetzt haben Sie mich erwischt!«

Yanagi-san zog gespielt seinen Kopf ein. Ich glaubte, seine komische Verrenkung würde die Diskussion auf witzige Art beenden, doch da hatte ich mich getäuscht. Akino-san ließ diesmal nicht locker.

»Natürlich wünsche auch ich mir, dass ein von mir gestimmter Flügel von einem Weltklassepianisten gespielt werden würde. Das wollen wir doch wohl alle. Aber tatsächlich schafft es nur eine Handvoll bis dahin.«

Er hielt einen Moment inne.

»Diejenigen, die mit Glück gesegnet sind.«

Er sprach von Glück, aber meinte er nicht eigentlich etwas anderes?

Das Telefon auf Akino-sans Schreibtisch klingelte, womit das Gespräch vorerst beendet war.

Wenn es dabei tatsächlich darum ging, vom Glück gesegnet zu sein oder eben nicht, dann gehörte ich wohl der zweiten Kategorie an. Ein mit Glück gesegneter Stimmer hatte vermutlich ganz andere Klangerfahrungen als das, was ich als Kind in meiner Heimat vernommen habe. Das Aufprallen reifer Kastanien auf den Boden. Raschelnde Blätter. Schmelzender Schnee, der von den Zweigen rutscht, eher ein Schleifen als ein Tröpfeln.

Meine Ohren kennen eine Menge Geräusche, die sich kaum in lautmalerischen Worten wiedergeben lassen. Ich will damit nicht sagen, dass diese Erfahrungen nichts wert oder sogar im Vergleich beschämend sind. Aber sie allein genügen nicht. Definitiv nicht.

Ein von Kindheit an geschultes, mit dem Klavierspiel vertrautes Gehör im Gegensatz zu meinem, das durch keine nennenswerten musikalischen Erfahrungen trainiert worden war – natürlich war das sensibler.

Aber das war es nicht, was mich beunruhigte, sondern ich war über etwas anderes in Akino-sans Bemerkung gestolpert. Und nicht nur gestolpert, sondern auch ins Straucheln geraten.

Hegte ich insgeheim den Wunsch, dass ein von mir gestimmtes Klavier von einem Weltklassepianisten gespielt würde? Sosehr ich es auch versuchte, ich fühlte keine Verbindung zu diesem Gedanken.

15

Es war kurz vor Feierabend.

»Eine Absage«, verkündete Yanagi-san.

Mit gerunzelter Stirn kam er zu mir herüber, nachdem er das Gespräch mit Kitagawa-san beendet hatte.

So kannte ich ihn gar nicht. Stornierungen waren keine Seltenheit, aber Yanagi-sans Reaktion war diesmal ungewöhnlich.

»Stimmt etwas nicht?«, erkundigte ich mich, ahnte jedoch schon, was los war.

»Doch nicht schon wieder die Sakuras?«

»Doch, die Zwillinge.«

»Vielleicht müssen sie für die Prüfungen büffeln.«

Außerdem stand das Konzert bevor. Da mussten sie wahrscheinlich noch mehr üben und konnten auf die zwei Stunden, die das Stimmen in Anspruch nehmen würde, nicht verzichten.

»Sie haben den Termin nicht verschoben, sondern abgesagt.«

Ich spürte, wie mein Herz zu flattern begann.

»Ist etwas passiert?«

Es war mir so herausgerutscht.

»Sag nicht so etwas«, wies er mich sofort zurecht.

Ich wollte es mir nicht ausmalen, aber warum sollten sie denn sonst längere Zeit auf ein gestimmtes Klavier verzichten können?

»Möchtest du sie anrufen?«

Ich schüttelte den Kopf. Mich verließ der Mut. Ich hatte Angst, mit irgendetwas Schrecklichem konfrontiert zu werden.

Yanagi-san verließ seinen Platz. Wahrscheinlich wollte er sie ungestört von seinem Handy aus anrufen. Ich wollte nichts hören. Denn mir war noch eine andere mögliche Erklärung in den Sinn gekommen: Den beiden Mädchen ging es gut. Sie übten täglich Klavier. Aber sie hatten beschlossen, unsere Dienste nicht mehr in Anspruch zu nehmen und sich für einen anderen Stimmer entschieden. Immerhin hieße das, dass sie wohlauf waren und weiterhin spielten.

Nach einer Weile kehrte Yanagi-san zurück.

»Sie kann nicht mehr spielen.«

»Klavier? Welche von beiden?«

»Keine Ahnung. Ich habe auch nicht weiter nachgefragt.«

Yuni? Oder Kazune?

»Ihre Mutter sagte nur, dass ihre Tochter nicht mehr spielen könne und sie deshalb unseren Termin bis auf Weiteres verschieben müsse.«

Ich erinnerte mich, wie schön das jeweilige Spiel der Zwillinge geklungen hatte. Der Gedanke, dass eine der beiden aufhören wollte, war schrecklich. Aber dennoch wusste ich sofort, welche für mein Empfinden unbedingt weitermachen sollte.

Es war, als würde ein zerklüfteter Fels in meine Magengrube sacken. Ich verstand meine eigenen Gefühle nicht mehr.

Ich hätte nicht so weit gehen müssen, mir das auszumalen. Ich hätte mich genauso gut in Unwissenheit wiegen können. Und doch hatte ich es mir genau vorgestellt, bevor ich es begriff und mir dann sogar wünschte.

Kazune. Es war ihr Klavierspiel, das ich liebte. Ich wollte, dass sie weitermachte.

Aber dafür müsste es dann Yuni sein, die aufgehört hatte zu spielen.

Die Temperatur im Büro schien plötzlich gefallen zu sein. Ich schüttelte heftig den Kopf, um diesen ungeheuerlichen Gedanken zu vertreiben. Es war fast so, als sehnte ich das Pech der einen herbei, nur um das Spiel der anderen hören zu können. Aber man würde doch auch nicht für den Wunsch, eine Person möge bei einem Wettbewerb gewinnen, verurteilt werden, obwohl das bedeutet, dass ein anderer dann automatisch verliert. Denn es ist ja ein bloßer Wunsch, der nicht unbedingt in Erfüllung gehen muss. Egal, ob es mich gibt oder nicht, die Frucht fällt garantiert vom Baum.

Ich hoffte, dass Kazune weiterspielte. Ich wünschte es mir und versuchte, dabei nicht an Yunis strahlendes Lächeln zu denken.

Am nächsten Tag sollte ich einen neuen Kunden aufsuchen.

Das kam mir sehr gelegen, würde es mich doch von meinen Grübeleien über die Zwillinge ablenken.

Kitagawa-san hatte mich davon in Kenntnis gesetzt, dass der Auftraggeber ihr am Telefon gesagt habe, es sei ein sehr altes Standklavier, auf dem zwar immer noch gespielt werde, aber wann es das letzte Mal gestimmt worden war, sei unklar.

»Tomura-kun, übernehmen Sie?«, hatte sie mich gefragt.
»Selbstverständlich.«
Ich nickte zur Bekräftigung.

Ich wollte meinen Kundenstamm erweitern und so viele Klaviere stimmen wie nur möglich, denn es mangelte mir immer noch an Erfahrung, was wiederum daran lag, dass ich von allen Mitarbeitern die wenigsten Aufträge bekam.

»Der Kunde scheint nicht ganz unproblematisch zu sein«, warnte mich Kitagawa-san.

Besser der Kunde machte Probleme als das Klavier. Umgekehrt gab es aber garantiert Probleme mit dem Kunden, wenn es welche beim Stimmen gab.

Bei Klavieren, die lange Zeit nicht gewartet wurden, ist es schwierig, den Originalklang wiederherzustellen. Im schlimmsten Fall sind die Instrumente sogar unbrauchbar geworden. Wenn ich den Kunden dann eine notwendige Reparatur vorschlage, lehnen sie das oft glattweg ab, was wiederum für mich völlig frustrierend ist.

»Wird schon gut gehen. Von der Stimme am Telefon scheint der Mann noch relativ jung zu sein, vermutlich in den Zwanzigern.«

Kitagawa-san lächelte mir aufmunternd zu.

Wenn sie das sagte, würde es wohl stimmen. Bevor ich ihm nicht begegnet war, brauchte ich auch nicht über seine Probleme zu spekulieren.

Ich gab seine Adresse in das Navi ein und machte mich auf den Weg.

Der quadratische braune Bungalow, ein typischer Bau in dieser Gegend, lag auf der schattigen Seite der Straße. Als ich auf die Klingel ohne Namensschild drückte, öffnete mir kurz darauf ein Mann, ungefähr in meinem Alter, die Tür.

»Hallo, ich heiße Tomura.«

Er erwiderte meinen Gruß nicht.

Das Haus war sehr kompakt. Nah des Eingangsbereichs gab es eine Tür, die offenbar zum Bad führte. Gegenüber befand sich die Küche, durch die man in ein Zimmer gelangte. Hinter einer Schiebetür lag offenbar ein weiterer Raum. Genau vis-à-vis stand das Klavier, das etwa ein Drittel des Fensters versperrte.

Minami-san, so hieß der Kunde, wies, ohne mich anzusehen, lediglich mit der Schulter auf das Klavier. War er etwa stumm? Aber dann fiel mir ein, dass er ja angerufen hatte.

Er trug eine ausgebeulte Jogginghose und ein Sweatshirt mit Kapuze, die ihm schlaff um den Hals fiel. Offenbar war das seine übliche Kluft.

Sowohl der Deckel als auch die Frontplatte des Klaviers, das laut seiner Aussage wohl schon lange nicht mehr gewartet worden war, waren milchig-stumpf. Der schwarze Lack hatte seinen Glanz komplett eingebüßt. Neben Notenheften befand sich noch anderer Krimskrams darauf, aber auf dem Deckel war der Staub verwischt, was darauf hindeutete, dass vermutlich auf dem Klavier gespielt wurde.

»Dann schaue ich es mir mal genauer an«, sagte ich zu Minami-san, der es immer noch vermied, mich direkt anzusehen, und stellte den Werkzeugkoffer ab.

Ich hob den Deckel der Klaviatur. Als ich eine Taste anschlug, glaubte ich meinen Ohren nicht zu trauen. Der Ton war komplett verstimmt. Der nächste ebenso. Und so ging es weiter. Sie alle klangen verzerrt, die Resonanz stimmte überhaupt nicht mehr. Mir wurde ganz flau von dem dissonanten Chaos. Ich ahnte, dass da eine Menge Arbeit auf mich zukommen würde. War ich der Sache überhaupt gewachsen?

»Es wird eine Weile dauern. Bitte bewegen Sie sich ganz ungezwungen in Ihrer Wohnung. Ich rufe Sie, falls es etwas gibt.«

Normalerweise würde ich an diesem Punkt fragen, welchen Klang sich der Kunde wünscht. Aber heute blieb dafür keine Zeit. Ich würde es gerade mal schaffen, die Töne wieder in Einklang zu bringen. Der Mann reagierte ohnehin nicht.

Zuerst musste ich das ganze Zeug, das auf dem Klavier stand, herunterräumen, um die obere Abdeckung aufklappen zu können. In der Mechanik hatte sich eine Menge Staub angesammelt. Das Datum auf dem vergilbten Aufkleber am Seitenteil verriet, dass das Klavier das letzte Mal vor fünfzehn Jahren gestimmt worden war.

Trotzdem wusste ich, dass dieses Klavier nicht völlig aufgegeben war, was jedoch bei dem verzerrten Klang nur schwer vorstellbar war. Das machte mich ziemlich stutzig. Wer spielte auf einem derart verstimmten Klavier?

Ich reinigte das Innere mit einem Handstaubsauger. Die Person hatte offenbar eine Zeit lang bei offener Abdeckung gespielt, denn in den dicken Staubschichten befanden sich auch alle möglichen Dinge, die in den Kasten hineingefallen sein mussten. Büroklammern, ein Gummiband, die Kappe eines Stifts, ein 1000-Yen-Schein sowie eine verblasste Fotografie. Als ich das Bild vom Staub befreite, erblickte ich die Gestalt eines Jungen am Klavier, der schüchtern in die Kamera lächelte. Ich legte die Fundstücke neben den Zeitungsstapel und die Taschentuchbox.

Da das Klavier direkt am Fenster stand, waren offenbar durch zu viel Feuchtigkeit einige Saiten verrostet und ein paar der hölzernen Hammerkerne verzogen. Als ich die einzelnen Saiten prüfte, kamen mir Zweifel, ob sie reparabel waren, bevor ich überhaupt mit dem Stimmen anfangen konnte. Ein Wunder, dass noch keine der brüchigen Saiten gerissen war. Ob es mir gelingen würde, das beschädigte Instrument wieder instand zu setzen? Ich war mir da gar nicht so sicher.

Als ich nach einem Tuch griff, um die verschmutzten Saiten zu säubern, fiel mein Blick erneut auf das Foto des Jungen. Obwohl er ihm inzwischen überhaupt nicht mehr ähnlich sah, erkannte ich in ihm den jungen Mann, der mir die Tür geöffnet hatte. Ich hatte es vorhin nicht bemerkt, weil das Gesicht auf dem Foto eher verschwommen war. Trotz der Unschärfe bemerkte ich, dass die Ausstrahlung damals eine ganz andere war als heute.

Ich nahm das Foto in die Hand und betrachtete es erneut. Tatsächlich, da war eine gewisse Ähnlichkeit. Aber was war im Laufe der Jahre geschehen, um dieses lächelnde Knabengesicht in den freudlosen jungen Mann zu verwandeln, der mir weder in die Augen sah noch den Mund aufmachte?

Aber immerhin, es gab Hoffnung. Er wollte sein Klavier in Ordnung bringen lassen. Ganz gleich, in welch desolatem Zustand es sich befand, die Tatsache, dass er einen Stimmer beauftragt hatte, bedeutete doch wohl, dass er auch den Wunsch hegte, wieder regelmäßig darauf zu spielen.

Es gibt aufgegebene Klaviere, abgestellt in der Ecke eines Zimmers, und es gibt solche, die unter den schlimmsten Umständen ihr Dasein fristen. Und trotzdem gibt es immer Hoffnung, wenn wir Stimmer vor einem solchen Klavier stehen. Denn sobald wir gerufen werden, besteht die Aussicht, dass auf ihm gespielt werden soll.

Ich hatte keine Zweifel mehr. Ich würde alles tun, um dieses Klavier in seinen bestmöglichen Zustand zu bringen.

Das Haus war nicht groß. Ich konnte die Anwesenheit des jungen Mannes permanent spüren. Sogar, wenn ich mich voll und ganz auf meine Arbeit konzentrierte, indem ich den veränderten Frequenzen lauschte, merkte ich, wie er nebenan dieselben Töne vernahm.

Ich fragte mich, ob er das Klavier vielleicht sogar verkaufen wollte, nachdem es gestimmt war. Halb hielt ich es für denkbar. Meinetwegen, es sollte mir recht sein. Selbst wenn ich das Klavier nicht so herrichten konnte, wie es ursprünglich mal war, würde ich es jetzt in seinen optimalen Zustand versetzen.

Als ich nach ihm rief, eilte der junge Mann sofort herbei. Den Blick hielt er nach wie vor gesenkt.

»Einige Hämmer sind verzogen und ein Teil der Stifte für die Halterung der Saiten hat sich gelockert. Man könnte alles vollständig reparieren, aber für den Augenblick habe ich nur die notwendigsten Maßnahmen ergriffen.«

Der Besitzer sah immer noch stur zu Boden, aber als ich fragte, ob er es mal ausprobieren wolle, reagierte er nach einer kleinen Weile mit einem schwachen Nicken.

Ich konnte mir kaum vorstellen, dass jemand, der anderen nicht ins Gesicht sehen konnte, den Mut aufbrachte, in Anwesenheit eines Fremden Klavier zu spielen.

Und so war ich positiv überrascht, als er in meinem Beisein mit seinem rechten Zeigefinger die C-Taste über dem Schlüsselloch anschlug. Der Ton klang unerwartet kraftvoll. Aber ein Ton allein gibt keinen Aufschluss darüber, ob ein Klavier gut gestimmt ist. Gerade als ich ihn bitten wollte, mehrere Tasten anzuschlagen, drehte er sich langsam zu mir um. Ein überraschter Ausdruck lag in seinem Gesicht. Zum ersten Mal sahen wir uns für einen kurzen Moment an, bevor sein Blick wieder wegglitt. Jetzt schlug er das C mit dem Daumen an und spielte die Tonleiter weiter hoch: D-E-F-G … Seine linke Hand tastete nach dem Hocker hinter ihm. Als er ihn zu fassen bekam, zog er ihn, den Blick immer noch auf die Klaviatur gerichtet, heran, um sich zu setzen. Nun spielte er mit beiden Händen die ganze Oktave.

Normalerweise kann ich mich nicht entspannen, wenn ein Kunde nach dem Stimmen das Klavier testet. Ich bin dann eher verkrampft, weil ich weiß, dass meine Leistung gerade bewertet wird. Aber dieses Mal fühlte ich mich wohler als vor der Arbeit.

Der junge Mann warf mir einen Blick über die Schulter zu.

»Und wie finden Sie's?«

Ich hätte mir die Frage sparen können. Der Mann lächelte. Er lächelte genauso wie sein jüngeres Ich auf dem Foto. Ein Glück, dachte ich, als er sich wieder dem Klavier zuwandte und eine Melodie erklingen ließ.

Über dem mausgrauen Kapuzenpulli stand sein zerzaustes Haar in alle Richtungen ab, während sich sein langer schlaksiger Körper über die Tasten beugte. Er spielte »Der kleine Hundewalzer« von Chopin, aber in einem so langsamen Tempo, dass ich das Stück erst gar nicht wiedererkannte.

Zunächst entstand kein Bild in der Melodie. Doch allmählich kam ein Welpe zum Vorschein. Ich war gerade dabei, die Stimmwerkzeuge wegzuräumen, drehte mich nun aber erstaunt um und beobachtete den jungen Mann von hinten. Bei Chopins Welpen dachte man an eine kleinere Hunderasse wie Malteser, aber sein Hund wirkte groß und ein wenig tollpatschig, eher wie ein Akita oder ein Labrador Retriever. Das Tempo stockte und die Melodie kam nicht recht ins Fließen, aber man merkte, dass er unbändige Freude beim Spielen empfand – wie ein Welpe oder er selbst als Kind. Manchmal berührte sein Gesicht fast die Tasten und er schien ihnen etwas zuzuflüstern.

Es gab eben auch solche Welpen. Und solche Klaviere. Fasziniert betrachtete ich seinen bewegten Rücken, und als das kurze Stück endete, spendete ich ihm aus vollem Herzen Beifall.

16

So wie jeder Mensch einen Platz zum Leben hat, so steht auch jedes Klavier in seiner ganz eigenen Umgebung. Die majestätischen Flügel in Konzertsälen, prunkvoll glänzend, bezaubern uns mit ihrem herrlichen Klang. Ich habe sie immer für unübertroffen gehalten. Aber sind sie tatsächlich die Quintessenz? Wer hat bestimmt, dass sie das Nonplusultra unter den Klavieren darstellen?

Ich denke jetzt oft an den jungen Typen von neulich. Der in den ausgebeulten Jogging-Klamotten. Niemand hört ihm beim Spielen zu. Er spielt nur für sich. Meine Anwesenheit als Zuhörer war für ihn nicht von Belang, aber ich durfte miterleben, wie sein Herz aufging, während er spielte. Er hatte offensichtlich seine helle Freude daran, mit Chopins tapsigen Welpen herumzutollen. Er schien glücklich. Für mich war er die Verkörperung eines hingebungsvollen Klavierspielers.

Ein Konzertsaal wäre dafür zu bombastisch gewesen. Sein Klavier war wie geschaffen für eine bescheidene Wohnung, für ihn ganz allein. Und das war gut so. Diese stille Freude kann man nicht in einem Konzertsaal erleben. Aber so, ganz für sich, konnte er den kleinen Welpen riechen, sein weiches Fell kraulen. Das war Musik in ihrer edelsten Form.

Ich konnte mir die Person lebhaft vorstellen, die dem kleinen Jungen das Spielen beigebracht hatte. Und welche

Erfüllung sie in dieser Aufgabe gefunden haben mochte.

Musik sollte uns in erster Linie erfreuen, finde ich. Sie ist nicht dazu da, um miteinander in Konkurrenz zu treten. Denn gewonnen hat ohnehin derjenige, der den meisten Spaß am Musizieren hat.

Man kann einen Konzertsaal, in dem man gemeinsam mit anderen lauscht, nicht vergleichen mit der Situation, wo man dem Klavierspieler so nah ist, dass man seinen Atem spüren kann. Hier stellt sich nicht die Frage, was besser oder wertvoller ist. Die Freude an der Musik ist in beiden Fällen vorhanden, nur ist das Erleben ein anderes. Es ist unmöglich zu beurteilen, ob der Glanz der Welt bei Sonnenaufgang ihrem Glühen bei Sonnenuntergang zu bevorzugen ist oder umgekehrt. Es ist dasselbe Sonnenlicht, aber in unterschiedlichen Formen seiner Schönheit.

Man kann das individuelle Erleben von Musik nicht vergleichen. Das wäre ein gänzlich sinnloses Unterfangen. Etwas, das für die meisten Menschen bedeutungslos sein mag, kann für einen Einzelnen unschätzbaren Wert besitzen.

Wenn nur der Wunsch, dass ein Weltklassepianist den von mir gestimmten Flügel spielen möge, ein Motiv gewesen wäre, diesen Beruf zu erlernen, dann hätte ich einen anderen Weg verfolgt.

Ich möchte kein Konzertstimmer sein.

Es wäre im Moment ohnehin sinnlos, darüber nachzudenken. Es bedarf jahrelanger Erfahrung, Ausbildung, Hingabe – und selbst dann bringen es nur eine Handvoll begnadeter Menschen so weit. Aber den Wunsch von vornherein von sich zu weisen, käme mir vor wie eine Ausflucht.

Nach und nach war mir klar geworden, dass Musik kein Wettbewerb sein sollte. Und dies gilt erst recht für Klavierstimmer. Da hat Konkurrenzdenken schon gar nichts zu suchen. Wenn man nach etwas strebt, dann sollte es kein Platz auf einer Rangliste sein, sondern ein Zustand der Seele.

»Hell, ruhig und klar, an wehmütige Erinnerungen rührend, zugleich aber mit einer milden Strenge in die Tiefe gehend. Schön wie ein Traum und greifbar wie die Wirklichkeit.«

Ich rief mir die Zeilen von Tamiki Hara ins Gedächtnis, die ich so oft in meinem Notizbuch gelesen habe, dass ich sie auswendig kann. Die Worte waren für sich genommen schon schön, aber sie noch dazu laut aufzusagen, hob meine Stimmung. Nichts könnte besser zum Ausdruck bringen, was mir beim Klavierstimmen vorschwebt.

Ich erhielt einen Anruf von zu Hause. Meine Großmutter lag im Sterben.

Ich beeilte mich, in unser Dorf zu gelangen, schaffte es jedoch nicht mehr rechtzeitig. Als ich ankam, war sie bereits tot.

Die engste Familie, entfernte Verwandte und einige Dorfbewohner versammelten sich zu einem schlichten Begräbnis in den Bergen.

Meine Großmutter war in einem gottverlassenen Nest aufgewachsen, hatte jung geheiratet und sich dann mit meinem Großvater in den Bergen niedergelassen. Sie eröffneten einen Holzhandel, brachten es jedoch nie zu Wohlstand. Andere, die sich zur gleichen Zeit dort angesiedelt hatten, sind inzwischen in die Städte abgewandert, sodass nur noch ein paar verstreute Höfe bewohnt sind. Der Holzhandel scheiterte, als mein Großvater bereits mit Anfang dreißig verstarb, worauf meine Großmutter ihre beiden Kinder, einen Sohn und eine Tochter, allein aufzog und sich fortan bei einem Nachbarn auf dessen Bauernhof verdingte.

Nach ihrem Mittelschul-Abschluss verließ die Tochter den Heimatort und heiratete in der Stadt. Ihr Bruder, mein Vater, folgte ihr, um dort die Highschool zu besuchen, kehrte dann aber in die Berge zurück, wo er ebenfalls eine Familie gründete.

Das ist alles, was ich über den Lebensweg meiner Großmutter weiß. Sie war eine arbeitsame und wortkarge Frau.

Hinter unserem Haus am Rande des Waldes steht ein morscher Holzstuhl. Er steht dort, seit ich denken kann. Großmutter saß manchmal darauf, um den Wald zu betrachten. Außer Bäumen gab es von hier aus nichts zu sehen, und ich fragte mich dann immer, wonach sie wohl Ausschau hielt.

Ich spürte jemanden hinter mir und drehte mich um. Mein Bruder, einen Schal um den Hals gewickelt, kam auf mich zu.

»Ganz schön kalt, was?«, sagte er und stellte sich neben den Stuhl, auf dem jetzt ich saß.

Er schaute sich in der Gegend um.

»Immer dasselbe. Nichts verändert sich. Irgendwie gruslig, oder?«

Er lachte.

»Das ist wohl wahr.«

Ich stimmte in sein Lachen ein. Tatsächlich gab es jedoch eine sichtbare Veränderung: Die vor unserem Haus gepflanzten Weißbirken waren inzwischen mächtig gewachsen und wirkten nun viel imposanter als zu der Zeit, als wir noch hier lebten.

Es kam ein kalter Windstoß, und mein Bruder zog die Schultern hoch.

»Ich bin diesen Sommer ans Meer gefahren.«

»Mhm.«

»Zusammen mit meinen Kommilitonen.«

»Bist du geschwommen?«

Er schüttelte lachend den Kopf.

»Nein, ich kann nicht schwimmen. Das weißt du doch.«

Wir konnten es beide nicht. Die Zwergschule in den Bergen besaß kein Schwimmbecken. In der nächstgrößeren Stadt im Vorgebirge gab es ein Hallenbad, wo einige unserer Freunde Schwimmunterricht genommen hatten, während wir beide uns noch nicht mal als Jugendliche trauten, einfach auf dem Rücken im Wasser zu treiben.

»Und du, Bruderherz, warst du schon mal am Meer?«

»Klar doch.«

Eine Klassenfahrt auf der Mittelschule führte uns in den südlichen Teil Hokkaidōs, wo ich das Japanische Meer im Herbst erlebte. Die Fachschule für Klavierstimmer lag ebenfalls in der Nähe eines Hafens, trotzdem hatte ich nur ganz selten einen Spaziergang zum Wasser unternommen.

Erneut fegte eine kräftige Windbö durch den Wald, die meinen Bruder schaudern ließ. Das Laub der Bäume raschelte laut.

»Als wir nach der Ankunft Richtung Meer spazierten,

hörte ich ein Rauschen wie nachts in den Bergen«, schilderte er.

Ich konnte mein Herz klopfen hören. Die Geräusche in den Bergen bei Nacht. Wusste ich tatsächlich, wie das klang? Ich versuchte, mich daran zu erinnern, es mir vorzustellen, aber meine Sinne fanden nur die Stille, die endlose Stille der finsteren Bergnacht.

»Hör doch mal! An Abenden wie diesen, wo ein starker Wind geht, kann man es doch deutlich hören. Das laute Rascheln der Bäume, als würde jemand röcheln und stöhnen.«

»Hm, stimmt.«

War es das Geräusch sturmgepeitschter Bäume gewesen? Wenn das Geräusch raschelnden Laubs sich mit dem Knacken tausender Zweige vereinigt? Ich erinnerte mich daran, wie mein Bruder sich in solchen Nächten ängstlich ins Bett unserer Großmutter verkroch.

»Genauso klang für mich das nahe Meeresrauschen. Automatisch habe ich nach Bergen Ausschau gehalten, obwohl wir ja ganz dicht am Wasser waren. Doch es war das tosende Meer.«

Tosendes Meer – den Ausdruck hatte ich schon mal gehört. Aber ich wusste nicht, dass es dem Rauschen nächtlicher Bergwälder glich.

»Seltsam, dass das Meer und die Berge so ähnlich klingen, findest du nicht?«, lachte mein Bruder und sah zu den Baumwipfeln hoch.

»Vielleicht sind die Menschen, die am Meer aufgewachsen sind, genauso verblüfft, wenn sie in die Berge kommen und dort das Rauschen der Bäume hören.«

Ich schaute zum Himmel, der sich schon blassviolett

verfärbte. Der helle Mond lugte bereits hinter dem Bergkamm hervor. Als würde ich die Aussicht betrachten, warf ich einen verstohlenen Blick zu meinem Bruder.

So sanftmütig hatte ich ihn nicht in Erinnerung. Mir war, als hätte ich sein Gesicht seit ewigen Zeiten nicht mehr betrachtet. In seiner frühen Kindheit hat er ständig geweint. Als sein großer Bruder musste ich auf ihn aufpassen, wenn es viel zu tun gab. Und irgendwann bildeten wir ein typisches Gespann: ich als der besonnene und verständige Ältere und er, der immer fröhlich lachte und den alle so niedlich fanden.

Aber wenn ich ihn jetzt ansah, dann konnte ich spüren, wie etwas in mir schmolz. Insgeheim hatte ich die ganze Zeit Ressentiments gegen ihn gehegt.

Als wir noch zur Schule gingen, waren die Leistungen meines Bruders immer etwas besser gewesen als meine. Auch beim Sport war das so. War ich darauf eifersüchtig gewesen? Und auch deswegen, weil ich immer das Gefühl hatte, meine Mutter und meine Großmutter würden ihn bevorzugen?

»Du hast ein schlechtes Gewissen, weil du nicht mehr hierher zurückgekehrt bist, oder?« Unsere Blicke trafen sich.

»Als du damals verkündet hast, du willst diese Ausbildung zum Stimmer machen, wirktest du irgendwie schuldbewusst.«

»Echt?«

»Allerdings. Oma hat damals zu dir gesagt, du bräuchtest kein schlechtes Gewissen zu haben. Es wäre in Ordnung, auch wenn du die Nachfolge hier nicht antrittst. Zu mir hätte sie bestimmt das Gleiche gesagt.«

Nachfolge? Was gab es denn hier fortzuführen? Ich verkniff mir die Frage.

»Du hast schon immer große Töne gespuckt und uns alle in Erstaunen versetzt.«

Ich glaubte, mich verhört zu haben.

»Ich?«

Ich war doch nicht großspurig. Wenn, dann war doch wohl er der vorlautere von uns beiden. Wer hatte denn zur Freude von Mama und Oma mit seinen Zukunftsplänen geprahlt?

»Weißt du das gar nicht mehr? Wie du leidenschaftlich verkündet hast, dass der Klang des Klaviers sich mit der ganzen Welt verbindet? Die ›ganze Welt‹! So redet hier doch kein Mensch. Ich habe bisher kaum etwas von ihr gesehen.«

»Ich doch auch nicht.«

Aber so ist es nun mal. Dieser Klang ist die ganze Welt. Auch wenn man sie nicht total überblicken kann, besteht kein Zweifel daran.

»Die große weite Welt, die Musik. Du hast immer irgendwie mit Superlativen um dich geschmissen.«

Er lachte spöttisch, wobei weiße Atemwölkchen aus seinem Mund pufften.

»Und das hier? Das sind bloß die Berge. Seitdem ich einmal fort war, kommt es mir so vor, als gäbe es keinen abgelegeneren Ort auf der ganzen Welt.«

Offenbar frierend rieb er sich die Hände.

»Verdammt kalt hier, lass uns reingehen.«

Ich erhob mich.

»Oma hat gesagt, sie verstünde weder etwas von Klavieren noch von Musik, aber eins wusste sie: dass du deinen Weg schon machen wirst. Denn von klein auf hast du den Wald geliebt und jedes Mal allein nach Hause gefunden, wenn du dich mal verlaufen hattest.«

Damit marschierte er los, ohne nach mir zu sehen.

Kurz vor der Haustür drehte er sich noch einmal abrupt zu mir um. Er wirkte gereizt.

»Warum bist du immer so unnahbar? Dass keiner weiß, woran er bei dir ist?« Sein Gesicht lief rot an. »Oma war immer so stolz auf dich.«

Das stimmt doch gar nicht, wollte ich mich wehren, aber die Worte blieben mir in der Kehle stecken.

»Es ist so furchtbar. Warum musste sie sterben? Was soll ich nur tun, jetzt wo sie tot ist?«,

Als ich sein Schluchzen vernahm, löste sich auch der Pfropf in meiner Kehle und ein heftiger Schwall an Gefühlen brach sich Bahn.

»Mir fehlt sie auch sehr«, sagte ich mit einer Stimme, die völlig fremd in meinen Ohren klang.

Mir wurde klar, dass Weinen in dieser Situation guttat. Und noch bevor ich das dachte, liefen mir schon die Tränen die Wangen hinab. Ich legte meinem Bruder, der mich inzwischen um eine Kopflänge überragte, den Arm um die Schultern. Wann hatte ich ihn das letzte Mal so berührt? Das, was mich jahrelang gewaltsam von ihm weggeschoben hatte, sprang nun in aller Heftigkeit wieder in mich zurück. Ich hatte das Gefühl, die Welt sei schärfer umrissen.

Früh am nächsten Morgen lief ich durch den Wald. Ich schritt durch das Unterholz und strich mit den Fingern über die rotbraunen Stämme der Ajan-Fichten. Ein Eichelhäher krächzte im Geäst.

Wie sehr hatte ich das vermisst. Ich war wie gebannt. Hatte ich es tatsächlich vergessen? Hatte mein Herz sich von diesem Ort entfernt?

Wind kommt auf, ich kann den Wald riechen. Raschelndes Laub. Schwankende, knarrende Äste. Fast unhörbar treffen die herabfallenden, immergrünen Fichtennadeln am Boden auf – ein Geräusch, das auf keiner Tonskala zu orten ist. Wenn ich mein Ohr an einen der Stämme lege, vernehme ich ein leises Gluckern in den Wurzeln, wenn sie Wasser aus dem Boden saugen.

Abermals ertönt der Ruf des Eichelhähers.

Die Stimme meines Bruders und die nächtlichen Geräusche der Berge hallten in meinem Ohr.

17

Als Kitagawa-san mich nach unten zum Empfang bestellte und ich die Treppe hinunterstieg, erblickte ich Yuni, die auf mich wartete. Mein Herzschlag setzte für einen Moment aus.

»Hallo, guten Tag!«

Ich begrüßte sie lächelnd mit einer Verbeugung und wäre am liebsten auf sie zugestürzt.

»Geht es Ihnen gut?«, erkundigte ich mich und versuchte, möglichst gelassen zu wirken.

»Ja, alles in Ordnung.«

Ihre Stimme klang fröhlich, was mich sofort beruhigte.

Es war nun schon eine Weile her, dass die Sakuras den Termin zum Stimmen storniert hatten. Seitdem war der Kontakt völlig abgebrochen. Ich hätte auch schlecht nachfragen können, obwohl mich die Frage umtrieb, was bei der Familie los war.

Dass Yuni hier war und nicht Kazune, konnte nur bedeuten, dass Kazune aufgehört hatte zu spielen, dachte ich. Ich war froh zu sehen, dass es ihr gut ging. Natürlich wäre ich noch glücklicher gewesen, wenn Kazune an ihrer Stelle erschienen wäre.

»Es tut mir sehr leid, dass wir neulich den Termin absagen mussten«, begann Yuni und verbeugte sich mit ernster Miene.

»Machen Sie sich unsretwegen bitte keine Sorgen.«

Ich tat es ihr gleich und verneigte mich ebenfalls.

»Es handelt sich wohl um eine eher ungewöhnliche Krankheit ...«, fuhr Yuni fort.

Bei dem Wort ›Krankheit‹ zuckte ich unwillkürlich zusammen.

»Es gibt keine weiteren Symptome, aber sobald man anfängt Klavier zu spielen, werden die Finger steif, als wären sie gelähmt.«

Wie sonderbar, dachte ich. Von dieser Krankheit hatte ich noch nie gehört. Das klang furchtbar. Konnte ich das sagen? Aber einfach nur ›Gute Besserung‹ ausrichten zu lassen, war wiederum zu lapidar. Mir kam in dem Moment irgendwie jede Bemerkung unpassend vor.

»Wird es denn ...«

... irgendwann wieder weggehen? Den Rest des Satzes verkniff ich mir. Ich bereute die Frage sofort. Sie war unsensibel und führte zu nichts. Denn wenn die Krankheit unheilbar war, dann wäre es für Yuni sicher quälend, darauf antworten zu müssen.

Sie schien jedoch zu erraten, was mir durch den Kopf ging.

»Man kann nicht mit Sicherheit voraussagen, ob das wieder weggeht. Die meisten Fälle sind wohl aussichtslos, aber man kann nie wissen.«

Ihre nüchterne Erläuterung jagte mir einen Schauer über den Rücken. Kazune würde wahrscheinlich nie wieder Klavier spielen können. Ein schrecklicher Gedanke.

»Ach, jetzt schauen Sie doch nicht so betroffen. Ich selbst bin gar nicht mehr so deprimiert deswegen. Na ja, um ehrlich zu sein, anfangs hat es mich schon umgehauen, aber nun geht es schon etwas besser. Deshalb bin ich auch hergekommen, um es Ihnen zu erzählen.«

Ich wusste nichts darauf zu sagen und fühlte mich erbärmlich. War ich vielleicht einfach nicht empathisch genug?

»Es tut mir so leid! Vielen Dank, dass Sie extra hergekommen sind, um mir Bescheid zu sagen.«

»Gern geschehen.«

Yuni lachte. Sie schien ganz die Alte zu sein. Zumindest dem äußeren Anschein nach. Ich hatte natürlich keine Ahnung, was für ein emotionaler Aufruhr in ihrem Inneren herrschen mochte.

»Ich bin heute noch wegen etwas anderem gekommen, was ich mit Ihnen besprechen möchte. Es geht um Kazune.«

Sie senkte die Stimme.

»Sie ist furchtbar deprimiert wegen der Krankheit. Seitdem weigert sie sich, das Klavierzimmer zu betreten. Das macht mich wiederum ganz fertig.«

Kein Wunder. Es wäre auch seltsam gewesen, wenn es spurlos an ihr vorübergegangen wäre. Aber verzweifelter dürfte doch wohl Kazune selbst sein?

»Nicht krank zu sein und trotzdem nicht zu spielen, ist doch das Allerletzte, verdammt!«, rief sie aus und machte ein zorniges Gesicht.

Auf einmal begriff ich.

Es war nicht Kazune, die krank war. Es war Yuni. Yuni konnte nicht mehr Klavier spielen.

Das Szenario vor meinen Augen drehte sich komplett um.

»Kazune ist total sauer. Weil ich krank geworden bin.«

Sie schien sich zu besinnen und formulierte es dann neu:

»Sie ist nicht sauer auf mich, aber auf die Krankheit. Sie

ist wütend darauf, dass ich nicht spielen kann und spielt jetzt selber auch nicht mehr.«

»Und Sie, Yuni? ... Sind Sie nicht auch wütend?«

Sie schien einen Moment nachzudenken, bevor sie meine Frage beantwortete:

»Ja, ziemlich.«

»Hm.«

»Ich finde, Kazune sollte für mich mit spielen, jetzt, wo ich es selbst nicht mehr kann. Aber sie ...«

Yuni führte den Satz nicht mehr zu Ende, sondern schnappte nur noch nach Luft. Als würde die eingeatmete Luft nicht mehr zu ihren Lungen vordringen. Ihre dunklen Augen füllten sich mit Tränen.

Ich wollte meine Hände nach ihr ausstrecken, aber sie verharrten wie festgetackert an meinen Seiten. Ich hätte ihr so gern über die Schultern, den Rücken, die Wangen gestrichen, um sie zu beruhigen. Ihr versichert, dass alles gut werden würde. Obwohl eigentlich gar nichts in Ordnung war.

Als ihr die Tränen über das Gesicht liefen, wischte sie sie mit dem Handrücken weg. Weine dich ruhig aus, dachte ich im Stillen, aber zugleich war ich erleichtert, dass mir der Anblick erspart blieb.

Hinter mir ertönte ein leises Räuspern. Als ich mich umdrehte, entdeckte ich Akino-san, der mit dem Werkzeugkoffer in der Hand an uns vorbeiging. Ein heulendes Schulmädchen und eine reglose Holzfigur. Wir müssen ein jämmerliches Bild abgegeben haben.

Yuni stand noch eine Weile mit gesenktem Kopf vor mir, aber als sie wieder aufsah, waren ihre Tränen versiegt. Ihre Augen und Nase waren gerötet. Eine einzelne

Strähne ihres weichen Haares klebte ihr auf Stirn und Wange.

»Verzeihen Sie! Vielen Dank, dass Sie so freundlich waren, mir zuzuhören.«

Nach einer energischen Verbeugung wischte sie sich die Strähne aus dem Gesicht und drehte sich auf dem Absatz um. Sie öffnete die Ladentür und war im Begriff zu gehen.

Was sollte ich jetzt tun? Ich war mitten im Dienst. Aber egal, welche Arbeit auf mich wartete, ich würde es sicher bereuen, wenn ich mich nicht auf der Stelle um sie kümmerte.

Also rannte ich hinter ihr her und erwischte sie an der Straßenkreuzung, wo ich sie leicht am Ärmel ihrer Schuluniform festhielt.

»Ich begleite Sie nach Hause.«

»Ach nein, ist schon gut.«

Ein sanftes Lächeln erschien auf ihrem Gesicht. Obwohl sie mich anlächelte, wusste ich nicht, wie es in ihrem Inneren aussah. War sie enttäuscht von meiner Reaktion, nachdem sie sich die Mühe gemacht hatte, bei mir im Laden vorbeizuschauen und ich sie dann einfach wieder hatte gehen lassen?

»Wollen wir vielleicht irgendwo einen Tee trinken?«

Sofort ratterte es in meinem Kopf: Gab es hier in der Nähe überhaupt einen Ort, wo man Tee trinken konnte?

»Ist schon gut«, wiederholte sie und lächelte mich wieder an.

»Also dann, kommen Sie gut nach Hause.«

Ich ließ ihren Ärmel los und winkte ihr mit schlaffer Hand zu.

Yuni verabschiedete sich erneut mit einer resoluten Verbeugung und setzte ihren Weg fort. Ohne sich noch einmal zu mir umzudrehen, bog sie um die Ecke.

Es begann wieder zu schneien. Weiche Flocken wirbelten um mich herum. Irgendwie doch sehr ungewöhnlich für den späten Mai.

Ich ging wieder in den Laden zurück. Als ich die Tür aufschob, erinnerte ich mich plötzlich an einen strahlend blauen Himmel mitten im Winter. In der klaren Luft hüllte das ungefilterte Sonnenlicht alles in einen hellen Glanz, in dem die gefrorenen Zweige silbrig schimmerten. Das gleißende Licht blendete die Augen fast schmerzlich. Besonders an solchen Tagen sank die Temperatur. Tage, an denen unter minus 25 Grad Celsius herrschten, waren immer kristallklar.

In dem Bergdorf, wo ich aufgewachsen bin, hatte ich sogar Temperaturen von minus 30 Grad erlebt. Dies geschah selten, höchstens ein- bis zweimal im Jahr. In der Nacht davor war der Himmel stets voller Sterne, und am Morgen heiter ohne den kleinsten Wolkenschleier. Alles war gefroren, nur glitzernder Schnee und Eis weit und breit. Der Atem gefror, die Wimpern gefroren, und wenn man nicht aufpasste und den Mund ungeschützt öffnete, brannte einem die Luftröhre. Die Haut tat weh von der beißenden Kälte, es fühlte sich an wie tausend Nadelstiche.

An einen solchen Morgen erinnerte ich mich jetzt. Je klarer der Himmel, umso bitterer die Kälte. Kazune leidet, und Yuni lächelt, als wäre sie längst darüber hinweg. Und dann bricht sie plötzlich in Tränen aus. Welche von beiden war diejenige mit dem gefrorenen Herzen? Diese Frage würde mir wohl niemand beantworten können.

18

Auf dem Dach eines Hochhauses. Ich stehe außerhalb der Sicherheitsabsperrung. Meine Schuhspitzen ragen über die zwanzig Zentimeter breite Kante. In der Tiefe sieht man kleine Fahrzeuge und Passanten, die sich fortbewegen. Meine Knie werden weich, aber ich versuche, einen festen Stand zu bewahren. Ich hebe den Blick und schaue zum Himmel empor. Noch ist alles okay. Aber es bläst ein Wind. Wie lange werde ich noch durchhalten können? Kommt mir denn niemand zu Hilfe?

Der Wind nimmt zu, erbarmungslos. Das Gebäude neigt sich. Aber das ist bloße Einbildung. Solide Häuser neigen sich nicht. Es ist nur mein Körper, durchgepeitscht vom Wind. Ich werde müde. Meine Füße zittern. Lange stehe ich das nicht mehr durch.

Ich bleibe jedoch standhaft und versuche weiter durchzuhalten. Kämpfe dagegen an, ohne nach unten zu blicken. Der Wind pfeift mir um die Ohren. Mein Körper schwankt und das Gebäude neigt sich stärker. Soll ich jetzt aufgeben? Ich werde sowieso fallen. Nein, noch nicht. Noch ein wenig aushalten. Es gibt immerhin noch eine geringe Chance, gerettet zu werden.

Noch ein starker Windstoß, und ich wanke gewaltig ...

Akino-san faltete die rot-weiß karierte Serviette ordentlich zusammen und klappte seine Lunchbox zu.

Dann hob er seinen Blick und fragte mich: »Und, was denkst du?«

Ich wusste nichts darauf zu antworten.

Akino-san hatte mir von seinem früher häufig wiederkehrenden Traum erzählt.

»Ich habe das oft geträumt: Aus unerfindlichen Gründen stehe ich immer auf einem hohen Gebäude. Sobald ich falle, bin ich garantiert verloren. Ich kann mich gerade noch halten, aber dann kommen andere Widrigkeiten dazu, was die Situation noch schlimmer macht. Zum Beispiel ein starker Wind und das arg schwankende Gebäude. Im Traum bin ich davon überzeugt, dass ich fallen werde. Und obwohl mir das gewiss ist, versuche ich verzweifelt, dagegen anzukämpfen und durchzuhalten. Aber am Ende falle ich doch.«

Er sprach ganz nüchtern darüber.

»Und sterben Sie dann, wenn Sie im Traum fallen?«, fragte ich.

Akino-san legte nachdenklich den Kopf zur Seite.

»Hm, ich glaube, das ist nicht von Bedeutung.«

Aber was war dann wichtig? Wieso erzählte er mir überhaupt von seinem Traum?

»Ich träumte immer dasselbe. Zuerst beiße ich die Zähne zusammen und versuche, um jeden Preis durchzuhalten. Aber am Ende falle ich dann doch.«

»Ein schrecklicher Traum, oder?«

»Ein wahrer Alptraum. Wenn ich daraus aufschreckte, war ich immer schweißgebadet. Im Traum wird mir zunehmend klar, dass es keine Rettung geben wird, dass ich unweigerlich fallen werde. Sich zu widersetzen hilft nichts. Mit der Zeit habe ich gelernt, loszulassen.«

Mit einem dünnen Lächeln blickte er mich an.

»Ich begriff, dass mich, auch wenn ich zunächst standfest bliebe, der nächste Windstoß garantiert umwerfen würde. Als ich das letzte Mal diesen Traum hatte...«

Er unterbrach sich und senkte den Blick, als würde er sich besinnen.

»Ich sehe es noch genau vor mir. Am Ende befand ich mich auf einem hohen Berggipfel. Im Traum selbst wusste ich, dass es der übliche Alptraum war. Deshalb sprang ich freiwillig hinunter, bevor es regnete oder stürmte.«

Akino-san beschrieb mit dem Zeigefinger aus seiner Augenhöhe eine Fallkurve hinunter auf den Schreibtisch.

»Als ich aufwachte, hatte ich mal keinen Schweißausbruch. Mir wurde dadurch klar, was Aufgeben bedeutet.«

»Sie meinen, im Traum aufgeben?«

»Die Erklärung ist ganz einfach. Als ich am nächsten Morgen aus dem Traum erwachte, in dem ich freiwillig gesprungen war, beschloss ich, Klavierstimmer zu werden.«

Damit erhob sich Akino-san.

»Ich muss los.«

»Ah?...Ja.«

Ich blickte seinem schmächtigen Rücken nach, als er das Büro verließ. Aber dann fiel mir etwas ein und ich rannte ihm hinterher. Er war bereits unten an der Treppe angelangt, und als er meine Schritte hörte, blieb er stehen und drehte sich um. Ich hastete die Stufen hinunter.

»Wie lange hat es gedauert, bis Sie gesprungen sind?«

»Vier Jahre«, erwiderte er prompt.

Das war ein ziemlicher Schock. Würde auch Yuni vier

Jahre lang in der Angst leben zu fallen? Und würde sie es irgendwann über sich bringen, selbst zu springen?

Ich dachte an den Tag, als sie im Laden war und weinte, während Akino-san an uns vorbeilief. Auf seine Art hatte er mir mit der Erzählung von seinem Traum zu verstehen gegeben, dass es vermutlich seine Zeit brauchen würde, bis Yuni sich ganz vom Klavierspielen lossagte.

Ich hätte schwer einschätzen können, ob vier Jahre eine lange Zeit waren oder nicht. Sie könnte es auch immer weiter hinausschieben. Dann war es schon besser, einfach loszuspringen.

Ich hätte Akino-san gern gefragt, ob er Angst beim Springen hatte, traute mich jedoch nicht. Verglichen mit der permanenten Angst, jeden Moment fallen zu können und dem verzweifelten Aufbäumen dagegen, war der selbstbestimmte Akt doch die bessere Alternative. Bereitwillig, vielleicht sogar mit einem leichten Lächeln auf den Lippen, wie ich es vorhin bei ihm bemerkt hatte, war er schließlich gesprungen.

Ich wusste ja bereits, dass Akino-san früher eine Karriere als Pianist angestrebt hatte. Der Erfolg hing auch davon ab, wie viel Zeit man darin investierte und mit welcher Hingabe man sein Ziel verfolgte. Auch das Alter spielte eine gewisse Rolle und natürlich war es auch eine Frage des Charakters. Es ließ sich nicht so ohne Weiteres vergleichen. Trotzdem wollte ich gern verhindern, dass Yuni die nächsten vier Jahre von Alpträumen heimgesucht würde. Konnte ich ihr da irgendwie helfen?

Ich lief Akino-san noch einmal hinterher, und als er die Tür zum Parkplatz aufschob, fasste ich mir ein Herz und stellte ihm die entscheidende Frage:

»Wieso haben Sie das Klavierspiel aufgegeben?«

»Weil ich ein gutes Gehör habe«, erwiderte er ungerührt.

Mit einem dünnen Lächeln fuhr er fort:

»Dank meines guten Gehörs vernahm ich natürlich den himmelweiten Unterschied zwischen der Darbietung erstklassiger Pianisten und meinem eigenen Klavierspiel. Ich hatte immer das Gefühl, dass zwischen dem Klang, den ich im Kopf hatte, und dem Geklimper, das meine Finger produzierten, eine unüberbrückbare Kluft bestand.«

Zum Glück hing er diesem Ziel inzwischen nicht mehr nach. Zumindest wünschte ich ihm das.

»Dafür ist nun ein hervorragender Klavierstimmer aus Ihnen geworden«, sagte ich.

»Du bist ja richtig schlagfertig, Tomura-kun«, lachte er und ging nach draußen.

An diesem Tag hatte ich ausnahmsweise zwei Kundentermine, für die ich den ganzen Tag unterwegs war. Als ich abends nach 19:00 Uhr ins Büro zurückkehrte, fand ich einen Zettel mit Yanagi-sans Handschrift auf meinem Schreibtisch.

»Gute Neuigkeiten« lautete die kurze Notiz, die er mit einem schwarzen Kugelschreiber für mich hinterlassen hatte.

Was mochte das sein?

Doch in dem Augenblick, als ich den Zettel in die Hand nahm, konnte ich es mir denken. Die Zwillinge. Ich wusste zwar nicht genau, worum es ging, aber welche andere gute Nachricht hätte er sonst für mich haben können?

Ich rief ihn auf seinem Handy an. Er ging sofort ran.

»Hi!«

»Die gute Neuigkeit ... betrifft das ...«

Er unterbrach mich: »Vorhin kam ein Anruf. Sie möchten einen neuen Termin zum Stimmen vereinbaren.«

»*Sie* heißt ...?«

Yanagi-san kam mir abermals zuvor: »Die Sakuras. Die Mutter der Zwillinge hat sich gemeldet.«

»Ah.«

Als hätte ich es geahnt! Ein neuer Termin. Wie sehr hatte ich darauf gehofft.

»Dann spielen sie also wieder?«

Am anderen Ende der Leitung herrschte für einen Moment Stille.

»Na ja, zumindest eine der beiden.«

Es war bestimmt Kazune, die das Klavierspiel wieder aufnehmen wollte. Wie schön wäre es doch, wenn beide dazu bereit wären, aber dann besann ich mich. Immerhin spielte eine von beiden.

»Ihre Mutter fragt, ob du mitkommen möchtest, falls es dir keine Umstände macht.«

»Sehr gerne! Darf ich Sie begleiten?«

»Es sei der Wunsch der Zwillinge, meinte Sakura-san.«

Es war dann ein Termin in der kommenden Woche vereinbart worden.

Sakura-san empfing uns mit einem herzlichen Lächeln.

»Endlich. Wie schön, dass Sie da sind.«

Die Zwillinge erschienen nun auch und verneigten sich beide höflich.

»Wir haben Sie vermisst.«

»Verzeihen Sie dieses ganze Theater.«

Erleichtert vernahm ich ihre fröhlichen Stimmen.

»Wir sind froh, dass Sie kommen konnten.«

»Wir ebenso«, revanchierte sich Yanagi-san ebenfalls lächelnd.

»Danke, dass ich noch einmal mitkommen darf.«

Ich verneigte mich hinter ihm.

Mir fiel ein Stein vom Herzen. Die Angelegenheit hatte die ganze Zeit zentnerschwer auf mir gelastet.

Wir wurden ins Klavierzimmer gebeten.

»Haben Sie spezielle Wünsche?«, erkundigte sich Yanagi-san bei den Zwillingen.

»Wir verlassen uns auf Sie«, erwiderten sie wie aus einem Munde.

»Wenn es noch irgendetwas gibt, melden Sie sich bitte.«

Als die beiden Mädchen das Zimmer verlassen hatten, zog Yanagi-san sein braunes Jackett aus und drapierte es auf dem einen Klavierhocker. Er öffnete den Deckel des sorgfältig polierten Flügels und schlug ein paar Tasten an. Der Kammerton a' war ziemlich verstimmt. Es war schon einige Zeit her, dass ich Yanagi-san bei seiner Arbeit hatte erleben dürfen, denn mittlerweile nahm ich die meisten Termine allein wahr.

Ich fragte mich, weshalb die beiden Mädchen auch mich dabeihaben wollten. Yuni war kürzlich im Laden erschienen, um mir von ihrer Erkrankung zu erzählen. Vielleicht dachte sie, es sei unhöflich, mich zu übergehen.

Während Yanagi-san das Klavier stimmte, schwirrten mir allerhand solcher Gedanken durch den Kopf.

Ich fand den Raum übertrieben schallgedämmt. Natürlich hatte der Mignon-Flügel Schallschutz-Untersetzer, aber außerdem stand er auf einem Langflor-Teppich, während an den Fenstern sogar zwei Lagen schwerer Vorhänge angebracht waren. Bei meinen früheren Besuchen wertete ich es als besondere Rücksichtnahme auf die anderen Mieter im Mehrfamilienhaus. Aber nun dachte ich anders darüber. Die Hälfte des Klangs wurde dadurch verschluckt. Und auch der Reiz von Kazunes bezauberndem Klavierspiel sicher um die Hälfte gemindert. Was für eine Verschwendung!

Während Yanagi-san gerade damit beschäftigt war, Tücher unter den Saiten auszulegen, klatschte ich versuchsweise in die Hände. *Bamm* – ein dumpfer Hall, der sofort verebbte. Es gab kaum Resonanz. Dann zog ich die Schallschutz-Vorhänge auf, die von der Decke bis zum Boden reichten, und klatschte abermals in die Hände. *Batsch!* Diesmal war der Nachhall eindeutig länger. Zumindest tagsüber könnten sie doch beim Spielen die Vorhänge offen lassen, überlegte ich.

»Lass das!«, beschwerte sich Yanagi-san, über die Mechanik gebeugt. »Sie sind immer zugezogen, also möchte ich es jetzt auch so haben beim Stimmen.«

»Aber das ist doch total schade. Für die Akustik wäre es besser, sie blieben offen.«

»Bitte mach sie zu.«

Widerstrebend schloss ich die geöffneten Vorhänge. Abgesehen vom Klang, schluckten sie auch das Licht. Deshalb zog ich sie erneut auf, um das milde Licht der Abendsonne hereinzulassen.

»Hey!«

»Okay, okay.«

Nur zögernd zog ich sie wieder zu. Ich konnte es immer noch nicht einsehen.

»Sei nicht kindisch!«

Ich und kindisch? Bei diesem Gedanken musste ich leise lachen.

»Was ist denn so lustig?«

»Schon gut. Verzeihung!«

Meine Stimme gluckste nun vor Lachen.

Mir war zwar nicht klar, weshalb die Zwillinge auch mich dabeihaben wollten, aber jetzt war ich hier und beobachtete Yanagi-san bei seiner Arbeit, die wie immer reibungslos ablief. Er war tatsächlich ein versierter Stimmer. Als ich ihn noch ständig begleitet hatte, war mir das nicht in dem Maße bewusst gewesen wie heute, wo ich eigenständig Klaviere stimmte. Ich schätzte seine Fingerfertigkeit und Sorgfalt bei jedem Handgriff. Doch ich versuchte nicht, seine Technik haargenau zu kopieren. Denn seine ganz eigene Art, ein Klavier zu stimmen, passt nicht zu jedem. Trotzdem ist er ein großes Vorbild für mich und ich bin sehr dankbar dafür, dass ich von ihm lernen konnte.

»Fertig!«, rief Yanagi-san durch den Flur, nachdem er die Tür zum Klavierzimmer aufgeschoben hatte.

Sakura-san und die Zwillinge eilten sofort herbei.

»Klingt wieder wie früher«, verkündete er kurz und knapp.

Yuni schien nicht so ganz damit einverstanden zu sein.

»Aber wir sind doch nicht mehr die gleichen wie früher«, wandte sie ein und schaute Yanagi-san forsch ins Gesicht.

»Ich denke, es ist besser, den Klang so zu belassen, wie er war. Falls Sie Ihre Spielweise verändert haben, dann klingt es eben anders. Es ist doch wichtig, das zu überprüfen, meinen Sie nicht?«

Yuni schien einen Moment zu überlegen, bevor sie sich an mich wandte:

»Was halten Sie davon, Tomura-san?«

Die beiden hatten mich bestimmt nicht hierherbestellt, um meine Meinung zu hören. Ich fühlte, wie ihr Blick auf mir ruhte und zwang mich zu einer ehrlichen Antwort:

»Ich bin nicht sicher.«

Sie wandte den Blick von mir ab.

»Wir können das erst beurteilen, wenn Sie uns etwas vorspielen. Würden Sie das tun?«, versuchte ich zu vermitteln.

Kazune nickte.

Das letzte Mal hatten sie vierhändig gespielt. Schulter an Schulter hatten sie am Flügel gesessen. Der Anblick der Zwillinge vor dem glänzend schwarzen Instrument war es gewesen, der mein Herz berührt hatte. Es hatte mich fast ein wenig beschämt, dass sie nur mir vorspielten. Die Musik, die sie dem Klavier entlockten, schien ihr Werk zu sein, sodass man sich nur schwer vorstellen konnte, dass sie zu irgendeiner Zeit von jemandem komponiert worden sein sollte.

Yunis Spiel war mitreißend gewesen. Frei und ungehemmt, voller Lebenslust. Es betonte die heiteren Freuden des Daseins. Im Kontrast dazu wirkte Kazunes Interpretation sanft, ruhig und klar. Wie eine sprudelnde Quelle tief im Wald.

Ich war gespannt, was nun geschah, wenn nur noch sie spielte. Würde die Quelle immer noch sprudeln?

Als sie sich dann tatsächlich allein ans Klavier setzte, war ich überrascht, wie entschlossen ihre Haltung wirkte. Sobald sich ihre schlanken Finger auf die Tasten legten und sie das ruhige Stück zu spielen begann, verflogen all meine Grübeleien.

Ich hatte das Gefühl, diese Musik schon zu hören, bevor sie begann. Musik, die nur in diesem Augenblick erklang. Sie drückte Kazunes Gegenwart aus und ergoss sich zugleich in alle Ewigkeit. Während des kurzen Stücks wurde ich von immer neuen Wogen überrollt. Kazunes Spiel war eine Quelle, die mit der Welt verbunden war. Eine Quelle, die nie versiegte, die auch weiter sprudelte, selbst wenn niemand ihr lauschte.

Hinter dem Flügel erblickte ich Yuni im Profil, die ihrer Schwester zusah. Ihre Wangen waren gerötet. Sie konnte nicht mehr spielen, aber ihre Schwester tat es. Ich schämte mich dafür, dass ich daran gezweifelt hatte, ob sie das ertragen könne. Es war doch gerade Yuni, die am meisten an das Talent ihrer Schwester glaubte.

Das kurze Stück endete. Zuerst hatte ich angenommen, sie wollte nur probehalber spielen, um den Klang nach dem Stimmen zu prüfen, aber da hatte ich mich geirrt. Kazune hatte damit ihre ungebrochene Entschlossenheit demonstriert. Sie stand auf und verneigte sich formvollendet vor mir.

»Ich danke Ihnen.«

Ich applaudierte ihr. Die anderen klatschten ebenfalls Beifall.

»Verzeiht mir, dass ich euch Sorgen bereitet habe.«

Ich wusste bereits, was sie als Nächstes sagen würde, als sie tief Luft holte, bevor sie weitersprach:

»Ich werde wieder einsteigen.«

Ihr Klavierspiel hatte bereits begonnen. Schon vor langer Zeit. Ihr selbst war es nur nicht bewusst gewesen. Es war undenkbar, dass sie es jemals freiwillig aufgeben würde.

»Ich möchte Pianistin werden.«

Sie sagte es leise, doch voller Entschlossenheit.

Yunis Kopf fuhr herum.

»Das heißt, du willst Profi werden?«, jubelte sie.

Kazunes Ausdruck entspannte sich.

»Ich bin dazu bereit.«

»Es gibt aber nur eine Handvoll Pianisten, die von ihrem Beruf leben können«, beeilte sich ihre Mutter einzuwenden.

Ich spürte, dass sie ihre Bemerkung gerne ungeschehen gemacht hätte. Sie konnte eben nicht anders. Es waren die Bedenken einer besorgten Mutter.

»Ich will auch nicht vom Klavier leben«, erwiderte Kazune. »Ich möchte für das Klavier leben.«

Uns allen stockte der Atem. Wir blickten sie an. Kazune lächelte still in sich hinein. Aber ihre dunklen Augen blitzten. Wie schön sie sind, dachte ich.

Wann ist sie nur so stark geworden? Ich betrachtete Kazune voller Bewunderung. Bestimmt hatte es schon immer in ihr geschlummert, und war dadurch, dass Yuni nicht mehr spielen konnte, erst jetzt zum Vorschein gekommen. Dann war doch noch nicht alles verloren.

19

»Wie ein Juwel.«

Es war mir etwas peinlich, meinen Eindruck in Worte zu fassen.

»Wie Licht ... in einem Wald ... es ist schwer zu beschreiben.«

Yanagi-san lief neben mir zum Parkplatz, den Blick nach vorn gerichtet.

»Du sprichst von Kazune, nehme ich an?«

Ich nickte.

Genauer gesagt, von ihrem Klavierspiel. Die perlenden Töne, wie sie sich ineinander verflochten und ein funkelndes Mosaik ergaben.

»Ich freue mich für sie«, sagte er.

Seine Anerkennung klang aufrichtig.

»Ja, ich bin auch sehr, sehr froh, dass sie wieder spielt.«

Jetzt verstand ich, weshalb ich bei dem Termin dabei sein sollte. Kazune wollte auch mir ihren Entschluss kundtun.

Als ich noch in den Bergen lebte, habe ich einmal etwas sehr Seltsames erblickt. Es war etwa zur gleichen Jahreszeit wie jetzt. Ich war noch im Grundschulalter und befand mich eines Abends auf dem Heimweg von einem Schulfreund.

Plötzlich sah ich etwas leuchten. Als ich genauer hinsah, entdeckte ich tief im Wald einen Baum, der in der

Dunkelheit glitzerte. Verwundert lief ich zaghaft ein paar Schritte darauf zu. Im dünnen Geäst einer Ulme waberte ein Licht, von dem dieses glitzernde Leuchten ausging. Ich konnte mir das Phänomen nicht erklären, fand es einfach nur wunderschön.

Aber es war auch beängstigend.

Nicht nur dieser Baum glitzerte, sondern er ließ auch die ihn umgebenden Äste der Nachbarbäume schimmern. Die Ulme jedoch barg einen ganz besonderen Glanz, zu hell für den bloßen Widerschein des Mondlichts.

Es waren weder vereiste Äste noch feine Eiskristalle, die wir ›Diamantstaub‹ nannten. Nie wieder habe ich nachts einen Baum im Sommer so leuchten gesehen.

Auch jetzt erscheint mir die Sache noch rätselhaft. Während ich Kazunes Klavierspiel lauschte, erblickte ich dieses Licht wieder vor mir. Das spukhafte Leuchten in jener Nacht, das aussah wie ein Gespensterreigen.

»Bin ich froh«, wiederholte Yanagi-san nun zum x-ten Mal, um seine Zufriedenheit kundzutun.

»Ich bin auch sehr froh«, echote ich.

Es war nicht bloß ein einmaliges Wunder, dessen war ich mir sicher. Die Brillanz ihres Spiels war kein Zufall. Genauso wie auch jetzt irgendwo, an mir unbekannten Stellen, in den Bergen Bäume leuchten.

Etwa zehn Tage später besuchten uns die Zwillinge im Laden. Wir waren gerade dabei, den Aufführungsraum für ein kleines Konzert am Wochenende vorzubereiten.

»Oh, das weckt Erinnerungen an früher«, rief Yuni aufgeregt. »Als wir noch klein waren, sind wir hier öfter aufgetreten.«

Beide hatten hier in der Kinder-Klavierschule ihren ersten Unterricht genommen.

»Seid ihr nicht die Sakura-Zwillinge?«

Akino-san, der soeben die Arbeit am Flügel für das bevorstehende Konzert beendet hatte, blickte auf, als er Yunis Stimme vernahm.

»Ja, es ist lange her, nicht wahr?«

»Wie groß ihr geworden seid. Yuni und Kazune, wenn ich mich richtig erinnere? Ich konnte euch nie auseinanderhalten.«

Akino-san musterte die beiden aufmerksam. Offenbar hatte er anstelle von Yanagi-san früher bei den Sakuras den Flügel gestimmt.

»Wo ihr schon mal hier seid – wie wäre eine kleine Darbietung?«

»Meinen Sie das ernst?«, fragte Yuni.

Für einen Moment glaubte ich, sie wolle tatsächlich spielen.

»Ja, klar. Ich bin gerade fertig geworden. Lasst mal etwas hören!«

Akino-san lächelte, was höchst selten vorkam. Aber dann fiel mir ein, dass er sich den Kunden gegenüber eigentlich immer recht charmant gab. Er schien sich tatsächlich über das Wiedersehen mit den Zwillingen zu freuen.

»Also, los!«, drängte Yuni ihre Schwester, worauf Kazune sich an den Flügel setzte.

»Oh!«, rief Yanagi-san überrascht.

Er hatte gerade einen Stuhl für das Konzert am Abend hereingebracht und eilte sofort herbei.

»Du musst mir doch Bescheid geben, wenn hier etwas geboten wird!«

Er stupste mich mit dem Ellbogen an.

»Kazune-san, bitte warten Sie noch kurz!«

Ich lief zum Büro hinüber, um Kitagawa-san hinzuzubitten.

»Möchten Sie nicht auch Kazune-san spielen hören?«, fragte ich im Büro herum.

Ich wollte, dass möglichst viele Kollegen Kazune spielen hörten. Eine angehende Pianistin, die nun fest entschlossen ihre Karriere in Angriff nahm.

Kitagawa-san kam gleich mit, ebenso Morohashi-san aus dem Vertrieb, der gerade von einem Termin zurückgekehrt war.

Als ich mit den beiden zusätzlichen Zuschauern in den Saal kam, saß Kazune in aufrechter Positur auf dem Schemel.

Mit geöffneter Abdeckung wartete auch der Flügel gespannt darauf, dass Kazune ihre anmutigen Finger auf die Tasten legte.

Sie nahm einen hörbaren Atemzug und fing an zu spielen. Der Flügel erwachte zum Leben. Es war ein leichtes, bezauberndes Stück, ganz anders vom Charakter als ihre Kostprobe neulich bei ihr daheim. Eine heiter-beschwingt klingende Weise. Kazunes Interpretation beschwor erneut den leuchtenden Baum vor meinem inneren Auge herauf. Das Stück eignete sich hervorragend, um zu zeigen, was sie konnte. Wie schaffte sie es nur, mein Herz dermaßen höher schlagen zu lassen? Kazune schien wie verwandelt. Sie spielte beeindruckender als je zuvor. Als hätte sie alle positiven Merkmale von Yunis Stil übernommen.

Als der letzte Ton verklang, legte sie die Hände in den

Schoß. Kitagawa-san applaudierte ihr begeistert. Ich stimmte sofort mit ein.

Kazune stand auf und verneigte sich.

»Großartig!«

Kitagawa-san war ganz aus dem Häuschen. Sie strahlte und wollte gar nicht mehr aufhören zu klatschen.

Akino-san verließ den Saal. Aber zuvor bemerkte ich sein anerkennendes Nicken.

»Tomura-kun.«

Etō-san, der auch leise hereingekommen war und dem Spiel gelauscht hatte, sprach mich an. Er schien ganz aus der Fassung zu sein.

»Ich wusste gar nicht, dass das Mädchen so gut spielt.«

Ich konnte ihm nur mit einem entschiedenen »Ja« beipflichten. Sie war besser denn je, heute hatte sie sich noch einmal selbst übertroffen.

»Ich bin total überrascht. Sie ist ja wie verwandelt.«

Nein, sie war nicht verwandelt. Kazune war immer noch Kazune. Als ich sie zum ersten Mal spielen hörte, begann die Saat zu keimen. Aber nun war sie aufgegangen. Zuerst wuchs der Stängel, dann entfalteten sich die Blätter und nun bildeten sich Knospen aus. Und das war erst der Anfang.

»Ich finde, sie war schon immer großartig.«

Er hob seine buschigen Augenbrauen.

»Sie sind wohl ein Fan von ihr, was? Trotzdem erscheint sie mir ganz anders. Heute hat sie uns meiner Meinung nach wirklich Außerordentliches gezeigt. Das ist der Augenblick, wo das Niveau einen Quantensprung vollzieht. Wo die Pianistin über sich selbst hinauswächst. Und wir konnten es miterleben.«

Zu meiner Verwunderung schüttelte er mir kräftig die Hand und klopfte mir jovial auf die Schulter, bevor er den Saal verließ.

Yanagi-san stand bei Kazune, offenbar um sie zu beglückwünschen, und kam dann freudestrahlend zu mir.

»Einfach großartig, unsere Kazune.«

Die Zwillinge traten nun ebenfalls zu uns.

»Vielen Dank für alles! Wir sind ja hier einfach so reingeplatzt.«

Kazune verbeugte sich höflich, die Miene so ernst wie eh und je.

»Verzeihen Sie, dass wir Sie zum Spielen genötigt haben. Sie sind doch sicher aus einem anderen Grund hier?«, fragte ich.

»Nein, ich wollte einfach nur Hallo sagen und auch für die Zukunft um Ihre Unterstützung bitten. Deshalb war es gut, für Sie spielen zu dürfen. Das ist doch der beste Dank.«

»Ja.«

Mein Nicken brachte sie dazu, sich zu entspannen.

»Eigentlich ...«

Yuni sah mich direkt an. Für einen Moment wurde mir schwindlig. Die beiden Schwestern sahen sich wieder zum Verwechseln ähnlich. Das wusste ich ja. Aber dieses Gesicht. Dieser Ausdruck. Es stimmt, sie sieht genauso aus wie Kazune neulich, als wir bei den Sakuras waren. Das Leuchten in ihren dunklen Augen, die geröteten Wangen. Wie schön sie ist, dachte ich bei mir. Ihre Lippen, hinter denen sich ein ungeheuer starker Wille verbarg, öffneten sich.

»Ich will das Klavier nicht aufgeben.«

Ich verstand nicht recht – hatte sie denn eine Wahl?

Ihr Blick durchbohrte mich. Doch was konnte ich denn schon tun? Es war kaum auszuhalten, aber dennoch hielt ich ihrem Blick stand.

»Ich möchte Klavierstimmerin werden.«

Mir fehlten die Worte.

Als ich ihr entschlossenes Gesicht sah, besann ich mich. Warum auch sollte sie das Klavier ganz aufgeben? Überall finden sich Zugänge in den Wald. Pianist und Stimmer durchschreiten denselben Wald, wenn auch auf unterschiedlichen Pfaden.

»Ich möchte Kazunes Klavier stimmen.«

»Das ist ...«

Yanagi-san und ich begannen gleichzeitig, ich hatte jedoch das Gefühl, dass er etwas anderes sagen wollte als ich.

»... interessant«, beendete er den Satz. »Ich kenne eine gute Fachschule. Dort könnten Sie Ihre Ausbildung machen«, fuhr er fort.

»Ja, aber ...«, wandte ich ein.

Zwei dunkle Augenpaare richteten sich synchron auf mich.

»Ja, aber ...?«

Yanagi-san schaute mich nun auch fragend an. Ich schüttelte schweigend den Kopf.

Eigentlich wollte ich das doch machen. Ich wollte ihr Klavier stimmen. Das behielt ich aber für mich. Wahrscheinlich war ich ohnehin nicht gut genug.

»Ich denke, jeder, der Klavier spielt, kann das verstehen«, sagte Kazune mit leiser Stimme. »Man ist ganz allein. Wenn ich zu spielen anfange, bin ich komplett auf mich gestellt. Es wäre mein absoluter Traum, wenn Yuni an meiner Seite wäre.«

Ihr Traum?

Yanagi-san und ich sahen uns an. Wahrscheinlich dachte er wieder etwas anderes als ich.

»Das ist wirklich die beste Idee überhaupt!«, lobte er Yuni begeistert.

Ich hingegen fand sie ziemlich banal. Sollte ihr Traum nicht weiter reichen, als im Schatten ihrer Schwester zu stehen?

»Du wärst sonst ganz auf dich gestellt.« Yuni klang entschlossen. »Deshalb müssen wir alles tun, um dich zu unterstützen. Wir beide werden gemeinsam für das Klavier leben.«

Ich glaubte erneut, den lichterfüllten Baum tief in den Bergen zu sehen. Für Yuni gab es kein Zurück mehr.

»So, wir müssen los. Verzeihen Sie nochmals die Störung.«

Die Zwillinge verneigten sich im Duett und als sie wieder aufblickten, strahlten beide zufrieden.

Ich brachte sie zum Ausgang und winkte ihnen nach. Als ich ins Büro im ersten Stock zurückkehrte, war Yanagi-san freudig erregt.

»Einfach toll, diese Mädchen. Und wir dürfen sie dabei begleiten, ihren Weg zu gehen, das freut mich wirklich sehr.«

Nach einem tiefen Seufzer schüttelte er den Kopf.

»Ich weiß aber beim besten Willen nicht, wie ich den beiden wirklich helfen könnte.«

»Geht mir auch so«, sagte ich. Und dabei wäre ich doch bereit gewesen, alles nur Erdenkliche für sie zu tun.

»Sie müssen einfach vorankommen!«

Yanagi-san, der eine Faust ballte, bemerkte offenbar, dass ich ihn die ganze Zeit anstarrte.

»Nicht wahr?«

»Schon. Aber ich habe keinen blassen Schimmer, wie ich mich da einbringen kann. Vielleicht, wenn ich wüsste, wie ich einen noch besseren Klang hinkriege?«

Yanagi-san lachte.

»Vielleicht solltest du dich zur Abwechslung mal richtig auspowern. Joggen am Morgen oder Seilspringen. Schwimmen ist auch nicht schlecht. Täglich Bahnen ziehen im Pool, aber mindestens zwei Kilometer.«

»Im Ernst?«

»Was glaubst du?«

Mein entsetztes Gesicht brachte ihn erneut zum Lachen.

»Laufen und schwimmen stählt einen physisch, ist also gut für die Kondition, bringt einem beim Klavierstimmen aber nichts. Ich kann jedenfalls gut darauf verzichten.«

»Ja?«

»Ich hasse joggen! Du verbringst deine Abende hier, um die Klaviere im Ausstellungsraum zu stimmen, nicht wahr? Das ist ähnlich sinnlos. Ich will damit nicht sagen, dass es Zeitverschwendung ist, aber Klaviere derselben Marke und in so gutem Zustand zu stimmen, wird nach ein paar Durchgängen nicht mehr so viel bringen. Es ist zwar immer noch besser, als gar nicht zu üben, aber irgendwann wird es Zeit, sich weiterzuentwickeln.«

»Aber ...«

»Was?«

»Wie kann sie nur Akkorde hervorbringen, die so schön klingen wie Himmelsglocken?«

»Es waren ja nicht die Akkorde«, schmunzelte Yanagi-san.

Das stimmte, aber gerade diese fand ich außerordentlich ergreifend. Die Akkorde hatten mein tiefstes Inneres berührt, es zum Schmelzen gebracht. Ich hatte mich beherrschen müssen, um nicht in Tränen auszubrechen. Ich hatte schon einige Pianisten auf dem Flügel spielen hören, aber warum klang es bei ihr so einzigartig? Wie sollte man ein Klavier so stimmen, dass diese Harmonien noch mehr zur Geltung kamen?

»Hach, ich fühle mich richtig belebt.«

Damit verabschiedete sich Yanagi-san und machte sich auf den Weg zu einem Kunden.

Plötzlich begriff ich.

Es war nicht nur mein persönliches Empfinden, dass die Akkorde derart berückend klangen. Vielleicht spielte sie diejenigen Töne, die in den Akkorden bei einer gleichstufigen Stimmung zwangsläufig leicht unrein erklingen, abgeschwächt. Ich hatte von dieser Technik während meiner Ausbildung auf der Fachschule in der Theorie gehört: dass es nur wenige begnadete Pianisten gibt, die solche unreinen Töne im Akkordverbund erkennen und sie dann entsprechend leiser spielen. Dazu wird auch behutsam das Pedal eingesetzt, um die Resonanz fein abzustimmen.

Gehörte Kazune vielleicht zu den Auserwählten? Und konnte man ihre Technik mittels Stimmen noch verfeinern? Würde sie über eine bessere Pedalsteuerung die Töne noch subtiler beeinflussen können?

Ich erhob mich vom Stuhl, um mir die Pedale an dem Flügel, auf dem Kazune vorhin gespielt hatte, näher anzusehen, besann mich jedoch sofort. Das Instrument war bereits für das morgige Konzert gestimmt worden, und wenn ich jetzt daran herumfummelte und Änderungen vornahm, würde ich alles verderben.

Reiß dich zusammen, beschwor ich mich, aber als ich wieder auf dem Stuhl Platz nahm, übermannte mich ein neuer Drang. Wenn ich es jetzt nicht tat, würde ich es, wenn Kazune das nächste Mal spielte, nicht überprüfen können. Doch als ich abermals auf den Flügel zusteuerte, rief eine Stimme:

»Was treibst du da, Tomura-kun?«

Erschrocken ließ ich mich wieder auf den Stuhl sinken. Kitagawa-san warf mir einen argwöhnischen Blick zu.

»Dieses andauernde Auf und Ab. Was ist denn los?«
»Ach, ich wollte nur kurz die Pedale einstellen.«
»Und warum tust du es dann nicht?«
»Ich sollte wohl lieber die Finger davon lassen«, nuschelte ich.

Mein Wankelmut brachte sie zum Lachen.

»Du hast dir wohl was in den Kopf gesetzt, was?«
»Ja ... äh ... Als ich Kazune vorhin beim Spielen zuhörte, dachte ich, ob man das Halb- und Viertelpedal nicht besser einstellen könnte, damit sie es leichter hat, aber es ist nur eine Vermutung.«
»Probier es doch einfach aus. Am besten zusammen mit Kazune. Lauf schnell, dann erwischst du sie vielleicht noch.«

Ich schüttelte hastig den Kopf.

»Ich weiß doch gar nicht, ob es ihr was nützen würde.«
»Tomura-kun, sieh es doch mal so: Es könnte ihr nüt-

zen oder auch nicht. Aber gewiss hilft es dir auf deinem Weg als Stimmer.«

»Kitagawa-san, als ich das erste Mal Itadori-san beim Stimmen zuhörte, hat das mein Leben verändert.«

»M-hm.«

»Ich weiß zwar nicht, ob Musik für mein Leben *nützlich* ist, aber in diesem Moment ist etwas in mir erwacht. Es war eine überwältigende Erfahrung, die weit über die Frage, ob etwas Nutzen hat oder nicht, hinausgeht.«

»Ja, das verstehe ich.«

Sie bekräftigte das Gesagte mit einem Nicken.

»Deshalb denke ich, du solltest es wagen und deine Idee umsetzen. Wenn es nicht hinhaut, kannst du es doch wieder rückgängig machen. Immerhin könntest du damit Kazunes Spiel vielleicht noch besser machen.«

»Ja.«

Ich erhob mich erneut.

»Irgendwie erinnert die Sache mich an einen Krimi, den ich früher mal gelesen habe.«

»Inwiefern?«

Kitagawa-san erhob sich ebenfalls und senkte ihre Stimme.

»Na ja, die Story war recht spannend, aber der Hinweis auf den Täter am Schluss dann ziemlich absurd: Der Ermittler bekommt einen Anruf vom Mörder, wo am anderen Ende der Leitung nur ein undeutliches Schaben und Kratzen zu hören ist.«

»Hä?«

Ich sah da keinen Zusammenhang.

»An diesem Geräusch konnte der Kommissar erkennen, wo sich der Mörder befand. Denn es war dessen Hund, der gerade verendete und kraftlos mit den Krallen gegen den Boden schlug.«

»Nur am Schaben und Kratzen?«

»Genau.«

Kitagawa-san ließ einen kleinen Seufzer los.

»Über die minimalsten Anhaltspunkte kann man den optimalen Klang eines Klaviers herausfinden. Das ähnelt doch den entfernten Geräuschen am Telefon im Krimi. Es mag eine falsche Fährte sein. Man kann sich immer irren. Aber das herauszufinden, macht doch die Qualität eines Stimmers aus.«

»Hm, meinen Sie?«

»Ja, ich finde, du solltest es wagen. Du bist sicher gut darin, aus den kleinsten Geräuschen deine Schlüsse zu ziehen. Auch wenn du noch nicht so weit sein magst, das technisch umzusetzen.«

»Danke für die Ermutigung«, sagte ich und verneigte mich.

Der Weg ist voller Fallstricke. Und so lang, dass kein Ende abzusehen ist. Am Anfang steht die Absicht. Und ebenso am Ende. Dazwischen gilt es, sich zu bemühen, sich anzustrengen, zu beharren.

Jeden Tag mit Klavieren arbeiten. Den Kunden aufmerksam zuhören. Die Stimmwerkzeuge polieren. Die Klaviere im Ausstellungsraum eins nach dem anderen immer wieder neu stimmen. Klaviermusik anhören. Ratschläge von Akino-san und Yanagi-san und Itadori-san beherzigen. Kazunes Akkorde genießen. Und dann vielleicht, wenn noch Zeit bleibt, in den lauen Nächten des hier nur kurz währenden Sommers im Gras liegen, um sich von den glitzernden Bäumen tief in den Bergen verzaubern zu lassen oder der sprudelnden Quelle im Wald zu lauschen.

Die wild ausschlagende Nadel meines inneren Kompasses hatte sich endlich ausgerichtet und stand still. Nach dem Oszillieren zwischen Wald, Stadt, Schulturnhalle und all den verschiedenen Klavieren, zeigte sie nun unmissverständlich in eine einzige Richtung: Kazunes Zukunft.

20

Mir gingen ihre leidenschaftlichen Worte nicht mehr aus dem Kopf: Sie wolle nicht *vom*, sondern *für* das Klavierspielen leben. Ihr feierlicher Ton. Die geröteten Wangen. Die leuchtenden Augen.

Auf dem Weg zur Arbeit musste ich immer wieder daran denken. Kazunes Spiel, ihre Worte, ihr Ausdruck. All das war nicht nur für mich bestimmt. Aber es hatte mich stark berührt. Immer und immer wieder. Da musste doch etwas sein, das ich ihr zurückgeben konnte.

Ich schloss das Geschäft auf. Als ich meine Stelle hier antrat, hielt ich es für selbstverständlich, als neuer Mitarbeiter vor allen anderen im Geschäft zu sein. Aber dann erfuhr ich bald, dass das gar nicht nötig sei. Denn Akino-san kam ebenfalls sehr früh am Morgen zur Arbeit, weil die Straßen da noch nicht so voll waren. Seitdem war er immer als Erster hier, um den Laden aufzuschließen.

Aber heute Morgen hatte ich Hummeln im Hintern. Bei mir zuhause gab es kein Klavier. Deshalb konnte ich es kaum erwarten, so schnell wie möglich zum Ausstellungsraum mit den Klavieren zu gelangen.

Ich mochte Kazunes Interpretation nicht nur wegen ihrer Virtuosität, Klarheit und Eleganz, sondern es steckte noch mehr dahinter. In ihrem Spiel blitzte hin und wieder etwas auf – eine Art Spannung, die etwas Bevorstehendes ankündigte.

Man konnte es bereits in ihrem Gesicht erkennen. Ihre innere Stärke offenbarte sich im Klang. Hätte sie auch nur den geringsten Zweifel an ihren Fähigkeiten gehabt oder ein schlechtes Gewissen gegenüber ihrer Schwester, die nicht mehr spielen konnte, hätte sie keine Karriere als professionelle Pianistin anstreben können. Ihr Spiel war nicht überschattet von Unheil. Oder von Bedauern oder Mitleid mit Yuni. Kazune hatte all dies hinter sich gelassen und war strahlend wie Phönix aus der Asche gestiegen.

Ich ging nach oben ins Büro und öffnete die Fenster. Helles Morgenlicht flutete in den Raum. Der Wind war zu dieser frühen Tageszeit noch frisch.

Ich stellte mir den Augenblick vor, als Kazune beschloss, Pianistin zu werden. Die Welt musste für sie schlagartig stillgestanden haben.

Sie war jetzt im gleichen Alter wie ich damals. Siebzehn. Mit siebzehn begegnete ich Itadori-san. Auch jetzt noch kann ich mich deutlich an den freudigen Moment erinnern, als ich mich für die Laufbahn des Stimmers entschied. Es gab keine Garantie, dass es mir glücken würde, und doch hatte ich das Gefühl, ein Nebel würde sich vor meinen Augen lichten und ich beträte zum ersten Mal festen Boden. Es war eine greifbare Freude, deren Konturen ich nachzeichnen konnte. Ich hatte das Gefühl, überallhin gehen zu können, wo ich nur wollte.

Am Tag, als wir nach der langen Pause bei den Sakuras zum ersten Mal wieder den Flügel stimmten, erzählte uns die Mutter, dass Kazune das Klavierspielen noch nie als Belastung empfunden hatte.

»Sie kann stundenlang üben und wird einfach nicht müde«, sagte Sakura-san mit einem Lächeln.

»Das allein spricht schon für ihr Talent«, pflichtete Yanagi-san ihr bei.

Das stimmte. Kazune musste sich nicht zwingen zu spielen, es strengte sie nicht an. Bemühungen, die nur auf einen Gewinn abzielen, werden schlecht belohnt. Kazune holte, völlig frei von jeglicher Berechnung, alles aus sich heraus. Mit beneidenswerter Souveränität widmete sie sich dem Klavier. Und damit konfrontierte sie sich auch mit der Welt.

Ich hingegen wusste zwar nicht genau, worauf ich meine Bemühungen fokussieren sollte, brannte aber darauf, loszulegen.

In dem noch leeren Geschäft ging ich deshalb sofort zum Mignonflügel – dem gleichen Modell, das bei den Sakuras zu Hause stand – und öffnete die Abdeckung. Bis die anderen eintrafen, wollte ich eine sogenannte ›reine Stimmung‹ vornehmen.

Es gibt verschiedene Systeme, um die zwölf Intervalle – C, D, E, F, G, A, H sowie die Halbtonschritte dazwischen – innerhalb einer Oktave zu erhalten. Die beiden wichtigsten Arten sind die natürliche – auch ›reine‹ – Stimmung und die gleichstufige Temperierung. Bei letzterer wird eine zwölfstufige Tonleiter streng mathematisch in gleichmäßige Halbtonschritte unterteilt – eine rationelle Methode also, die bei den meisten Klavieren zur Anwendung kommt. Obwohl das an und für sich kein Problem darstellen sollte, muss jedoch berücksichtigt werden, dass die Gleichsetzung der Intervalle nicht der natürlichen Einteilung entspricht, nach der die Abstände benachbarter

Töne nicht ganz identisch sind. In der Kombination oder Komposition solcher Töne ergeben sich dann Unreinheiten im Klangbild. Es entstehen raue Akkorde im Unterschied zu reinen. Je nach Kontext: Im Dreiklang C-E-G weicht die Tonhöhe des mittleren E vom gleichen E ab, wenn dies im Akkord A-C-E vorkommt.

Bei der reinen oder natürlichen Stimmung wird vorrangig die Resonanz berücksichtigt. Neben dem Grundton schwingen auch Obertöne mit, deren Frequenz ein ganzzahliges Vielfaches der Frequenz des Grundtons ist. Fallen diese bei Akkorden teilweise zusammen, wird der Klang als harmonisch empfunden. Je einfacher das Frequenzverhältnis, desto angenehmer ist die Resonanz für das Ohr – deshalb klingen Akkorde auf einem Klavier, das natürlich gestimmt ist, so schön. Diese Art der Temperierung hat jedoch den Nachteil, dass sie beim Tonartwechsel unbrauchbar wird, da das Intervall zwischen den einzelnen Tönen unterschiedlich ist. Will man hingegen alle Tonarten uneingeschränkt verwenden, ist wiederum die gleichstufige Stimmung unerlässlich.

Bei Streich- und Blasinstrumenten kann der Musiker die Tonhöhen während des Spielens selbst verändern. Zum Beispiel beim c-moll-Akkord (C-es-G), wo das ursprüngliche E um einen Halbtonschritt in ›es‹ vermindert ist, könnte dieses ›es‹ ein wenig nach oben getrieben werden, damit der Akkord harmonischer klingt. Dazu muss der Spieler jedoch die Tonalität des E, den Akkord, in dem es sich befindet, und seine genaue Position in der Akkordfolge vollständig erfassen. Außerdem sollte er technisch in der Lage sein, diese genauen Unterschiede in den Tonhöhen auf dem entsprechenden Instrument musikalisch hervorzubringen. Theoretisch war es mir klar, aber ich wusste auch, dass dies nur sehr wenigen Musikern gelang.

Auf dem Klavier ist diese Art von Kontrolle unmöglich. Jeder Taste ist ein Ton zugeordnet, und der Pianist ist nicht in der Lage, die musikalischen Intervalle selbst zu verändern. Er ist gezwungen, innerhalb des Klangmusters zu spielen, das wir Stimmer geschaffen haben, und muss dann eventuell auftretende Unreinheiten in der Harmonie beim Spielen hinnehmen.

Ich wollte es versuchen, auch wenn kaum Spielraum da war: Ein Temperieren mittels reiner Stimmung. Nichts ist absolut. Ebenso ist ›nützlich‹ oder ›vergeblich‹ kein verbindliches Kriterium. Wenn man all diese Aspekte außer Acht lässt, dann ist auch Spielraum nicht von Belang. Im Moment wollte ich nur alles Erdenkliche ausprobieren. Versuch macht klug. Ich wollte experimentieren. Ohne zu wissen, was sich als Spielraum eröffnen würde. Ohne zu wissen, welche Form der Spielraum annahm. Würde ich abwarten, dass sich ein derartiger Spielraum von selbst auftat, dann könnten Jahrzehnte vergehen, bis sich solch eine Gelegenheit ergab.

In etwas mehr als einer Stunde war ich mit der Umstellung von gleichstufiger Temperierung auf natürliche Intonation fertig. Ich probierte ein paar Töne aus. Da ich nicht Klavier spielen konnte, prüfte ich nur die Resonanzen. C-E-G, G-H-D, F-A-C. Eigentlich hätte ich an diesem Tag die neue Stimmung wieder rückgängig machen müssen, aber es klang so harmonisch, dass es schade gewesen wäre.

»Hallo.«

Es war Itadori-san, der irgendwann die Tür zum Ausstellungsraum öffnete, um nachzusehen, was da vor sich ging.

»Tomura-kun, bist du es?«

Er blickte erstaunt.

»Wie hast du das angestellt?«

Ich wusste nicht, was er meinte.

»Sie ist viel besser geworden.«

»Was denn?«

»Deine Technik natürlich.«

Seine Stimme klang ruhig, sein Gesicht wirkte ernst.

»Der Ton ist ganz klar.«

Fast zu schön, um wahr zu sein, dachte ich. Aber das konnte unmöglich zutreffen. Ich hatte die Intervalle verändert, um eine natürliche Stimmung vorzunehmen. Aber was war mit der Klangfarbe? Es war nicht meine Absicht gewesen, sie zu modifizieren.

»Das hast du gut gemacht.«

Itadori-san nickte mir freundlich zu.

»Danke.«

Mit einem Lächeln um den Mund verließ er den Raum.

Wenn das stimmte ... Sollte ich tatsächlich Fortschritte gemacht haben?

Ich wischte die Klaviatur mit einem Tuch sauber, bevor ich den Deckel sachte schloss.

Ich dachte an das Gespräch zurück, das ich mit Yanagi-san über Restaurants geführt hatte. Da ein Koch nicht wissen könne, wer das Gericht essen würde, sollte der erste Bissen bei jedem Gast einen starken Eindruck hinterlassen. Kannte man hingegen die kulinarischen Vorlieben, so könnte man das Aroma dem individuellen Geschmack anpassen. Dasselbe galt für die Stimmung. Wenn man wüsste, wer spielt, könnte man den optimalen Klang für den betreffenden Pianisten erzeugen. Den Klang, der am besten zu ihm passt und der seinen Wünschen entspricht.

Ich hatte den Flügel im Aufführungsraum für Kazune gestimmt. Für Kazune, die ihr Leben dem Klavier widmen wollte.

21

Seit diesem Tag arbeitete ich nicht mehr als Assistent, sondern stimmte eigenständig Klaviere und gewann zunehmend mehr Stammkunden.

Ich erinnerte mich an jeden Haushalt, den ich einmal aufgesucht hatte. Doch eher als das Haus oder seine Bewohner war es das Klavier, das mir im Gedächtnis blieb. Ich brauchte nur die Abdeckung anzuheben, um es wiederzuerkennen. Meine frühere Arbeit hatte so etwas wie meine eigene Handschrift hinterlassen. Es war, als würde ich mich im Spiegel betrachten. Welche Idee ich im Kopf und wie ich sie praktisch umgesetzt hatte. Erstaunlicherweise waren mir all meine Handlungen sofort wieder präsent.

Ich war nicht besonders kontaktfreudig oder geschickt im Umgang mit Menschen. Allein die Klaviere waren mir so vertraut, als sähe ich alte Freunde wieder. Kein Wunder, denn schließlich war immer eine Spur von mir selbst in ihnen zurückgeblieben.

Manchmal hatte ich das Gefühl, dass ein Klavier, das sich im Jahr zuvor noch als verschlossen und widerspenstig erwiesen hatte, sich beim nächsten Mal mehr öffnete und mir entgegenkam. Das Gleiche geschah mit dem Kunden. War mir ein Kunde beim letzten Besuch nicht von der Seite gewichen, um meine Arbeit misstrauisch zu beäugen, ließ derjenige mich nun völlig in Ruhe.

»Ihnen habe ich es zu verdanken, dass ich unser Klavier jetzt als etwas Kostbares ansehe«, lobte mich die ältere Dame, bei der ich an einem Morgen zum Stimmen war. »Ich habe mich so gefreut, als ich sah, wie sorgfältig und liebevoll Sie es behandeln.«

Es war mir etwas peinlich.

»Nein, ich muss Ihnen danken, dass Sie es mir anvertrauen.«

Sie hatte zwar nicht ausdrücklich den Klang gelobt, aber dennoch erschienen mir ihre gütigen Worte unverdient für meine noch unausgereiften Fertigkeiten.

Ich lud den Koffer mit den Stimmwerkzeugen in den weißen Firmenwagen und fuhr höchst zufrieden ins Büro zurück.

Im Vergleich zu meiner Arbeit im vergangenen Jahr hatte ich Fortschritte gemacht. Und nächstes Jahr würde ich es mit mehr Erfahrung noch besser machen. Bis dahin war ich meinen Kunden dankbar und hoffte, dass sie ihr zunehmend besser gestimmtes Klavier wie einen Augapfel hüteten.

Als ich den Laden betrat, kam mir Yanagi-san entgegen.

»Was ist denn los? Du wirkst so gut gelaunt?«

Yanagi-san selbst schien auch in fröhlicher Stimmung zu sein.

»Ich freue mich, dass ich mit so netten Kunden gesegnet bin.«

»Das ist alles?«

Ich überlegte kurz und fügte hinzu:

»Natürlich habe ich auch nette Kollegen.«

Yanagi-san schmunzelte.

»Hey, so war das nicht gemeint. Es ist nur mal wieder typisch für dich, dass du denkst, dass du einfach nur Glück hast.«
»Ach ja?«
»Versteh mich nicht falsch ...«
Mir zog sich die Brust zusammen.
»Aber ich glaube nicht, dass du außerordentlich gesegnet bist. Deine Kunden oder deine Kollegen mögen nett sein, aber das ist nicht der Punkt.«
Ja, ich verfügte weder über ein absolutes Gehör noch über besondere Fingerfertigkeit und besaß auch keine nennenswerten musikalischen Kenntnisse. Mit gar nichts war ich gesegnet. Ich hatte nichts vorzuweisen außer meiner Faszination für das große schwarze Instrument.
»Ich will damit sagen, es ist allein deine Leistung, der du deine Erfolge zu verdanken hast.«
»Was?«, fragte ich verdutzt zurück.
Yanagi-san schmunzelte.
»Du bist nicht mit Kunden gesegnet, sondern mit deinem Talent.«
Ich war so perplex, dass ich ihm nur sprachlos hinterherschauen konnte, als er das Geschäft verließ.
»Aber wie kann ich von einem guten zu einem *großartigen* Stimmer werden?«, sann ich laut vor mich hin, als ich mich zurück auf den Stuhl setzte. Ich wähnte mich allein im Zimmer.
»Zunächst mal mit zehntausend Stunden.«
Es war Kitagawa-san. Ich drehte mich zu ihr um.
»Es heißt, aus allem wird etwas, wenn man zehntausend Stunden investiert. Falls einem etwas Kopfzerbrechen bereitet, sollte man zehntausend Stunden daran ar-

beiten. Falls man dann den Dreh nicht raushat, ist immer noch Zeit, an sich zu zweifeln.«

Ich rechnete aus, wie lange das ungefähr dauern würde.

»Das wären ja fünf bis sechs Jahre.«

Kitagawa-san hielt ihren Taschenrechner hoch und zeigte auf das Display.

»Man kann nicht Tag für Tag durchgehend Klaviere stimmen, man braucht auch mal Urlaub.«

»Zehntausend Stunden«, seufzte ich.

Akino-san warf mir von seinem Schreibtisch einen argwöhnischen Blick zu, bevor er sich wieder seinem Papierkram widmete.

»Akino-san?«, sprach ich ihn an.

Keine Antwort.

»Akino-san, hätte Sie etwas dagegen, wenn ich Sie noch einmal beim Stimmen begleite?«

Er zog sich gemächlich den Stöpsel aus dem linken Ohr.

»Anstatt bei mir zuzuschauen, solltest du dir besser die Technik von Itadori-san zeigen lassen«, erwiderte er nüchtern, den Blick gesenkt.

»Das würde mir natürlich sehr gefallen, aber …«

Ich stockte aus Angst, ich könnte etwas Unhöfliches äußern.

»Ich strebe ja nicht danach, Konzertflügel zu stimmen, sondern kümmere mich um Privatkunden.«

»Ja, für den Anfang mag das besser sein«, stimmte er mir zu und nickte. Dann senkte er seine Stimme: »Aber bist du sicher, dass dich das auf Dauer befriedigen würde? Die Kleine will doch Konzertpianistin werden, oder?«

Ich brauchte ein paar Sekunden, um zu verstehen, dass

er auf Kazune anspielte. Bald würde sie öffentlich auftreten. Ich war erstaunt, wie beiläufig Akino-san darüber sprach. Es freute mich jedoch, dass sein erprobtes Gehör offenbar Kazunes Talent wahrgenommen hatte.

»Itadori-san stimmt auch gewöhnliche Klaviere bei Privatkunden. Und wie er das tut, ist beeindruckend.«

»Inwiefern?«, fragte ich zurück.

»Das musst du selbst herausfinden. Begleite ihn doch mal!«

Seine Stimme hatte einen gereizten Unterton.

»Sie sind danach wie neugeboren.«

»Wer?«

»Die Klaviere. Eine wahrhaft spektakuläre Verwandlung.«

Dabei verzog er seltsam das Gesicht, als wüsste er selbst nicht, wovon er redete.

»Wenn Itadori-san ein Klavier gestimmt hat, fragt man sich, wie man davor überhaupt darauf spielen konnte. Der Klang ist nicht wiederzuerkennen. Einfach unglaublich. Das Instrument hat plötzlich eine hervorragende Qualität.«

Welch ein Glück, dachte ich. Für das Klavier, für den Pianisten und für den Stimmer.

»Tomura-kun, weißt du eigentlich, was ›Anschlag‹ bedeutet? Wahrscheinlich denkst du jetzt, wie leicht- oder schwergängig sich eine Taste bewegen lässt. Aber so einfach ist das nicht. Wenn man mit dem Finger eine Taste anschlägt, klopft der mit ihr verbundene Hammer gegen die Saite. Ich spreche von diesem Kontakt. Ein Pianist spielt nicht allein auf der Klaviatur, sondern er bringt die Saiten zum Klingen. Seine Finger sind quasi mit den Hämmern verbunden, sodass er regelrecht fühlen kann, wie sie gegen die Saiten schlagen. Das ist der typische Itadori-Anschlag.«

»Wahnsinn. Dann wünscht sich bestimmt jeder Pianist, dass sein Klavier von Itadori-san gestimmt wird.«

Akino-san ignorierte meine überschwängliche Bemerkung.

»Es ist eigentlich ein schreckliches Instrument, das einen immer wieder in die Schranken weist.«

Das war wieder mal typisch für Akino-san.

»Was meinen Sie damit?«

Es war eine direkte Frage, aber Akino-san blickte eine Weile nach unten.

»Wenn ein Pianist Klavier spielt«, erklärte er dann, »drückt sich seine innere Vorstellungswelt im Klang aus. Oder, andersherum, ein Pianist könnte keine ausdrucksvollen Töne gestalten, wenn sie nicht schon in ihm angelegt wären. Darin kommt sein Talent klar und deutlich zum Vorschein.«

Akino-san schaute mich jetzt mit ungewöhnlich ernster Miene an.

»Itadori-san hat früher mein eigenes Klavier gestimmt.«

Damit war das Gespräch beendet. Er stopfte den Stöpsel wieder in sein linkes Ohr.

War ein von Itadori-san gestimmtes Klavier etwa der Grund gewesen, weshalb Akino-san seine Pianisten-Laufbahn an den Nagel gehängt hatte? Vielleicht warf er Itadori-san insgeheim sogar vor, das Klavier absichtlich so gestimmt zu haben, dass er nicht damit zurechtkam?

Während ich meinen Mentor über alle Maßen bewunderte und ihm nacheifern wollte, hegte Akino-san möglicherweise ganz andere Gefühle ihm gegenüber.

22

Ich saß am Schreibtisch und überbrückte die Zeit bis zum nächsten Termin mit dem Polieren meines Stimmschlüssels.

»Bitte.«

Kitagawa-san brachte mir eine Schale Tee.

»Oh, danke sehr.«

»Gern geschehen. Der Kunde unten wollte lieber eine Tasse löslichen Kaffee, obwohl ich ihm extra diesen guten grünen Tee zubereitet habe ...«

Ach, deshalb die feine Schale, die eigentlich für Gäste gedacht war.

»Ich trinke ihn gern.«

Kitagawa-san, das Tablett unter den Arm geklemmt, verfolgte aufmerksam, wie ich das Poliertuch ordentlich zusammenfaltete und beiseitelegte.

»Tomura-kun, du pflegst deine Werkzeuge so hingebungsvoll. Sie sind immer einsatzbereit«, meinte sie anerkennend.

»Zwei Jahre bist du jetzt schon bei uns.«

»Ja.«

Ich kam nun ins dritte Jahr, während der Stimmschlüssel, das kostbare Geschenk von Itadori-san, schon weitaus älter sein dürfte.

»Als du damals zu uns gestoßen bist, erzählten die Kollegen, du seist in den Bergen geboren und aufgewachsen.

Du erschienst mir selbstlos, sanftmütig, aufrichtig, wie jemand, der nicht auffällt. Fröhlich und aufgeschlossen wirktest du nicht gerade auf mich. Ich habe mich gefragt, ob du wohl für diesen Beruf geeignet bist? So ganz ohne besondere Vorlieben.«

Das stimmte, ich war nicht wählerisch.

Als ich in die Stadt zog, um die Oberschule zu besuchen, fiel mir zum ersten Mal auf, dass ich kaum Ansprüche stellte. Anders hingegen meine Altersgenossen. Sie wussten über eine Menge Dinge Bescheid und bekundeten offen, was sie mochten und was nicht. Ich war der Einzige, der sich völlig indifferent verhielt. In den Bergen hatten wir nicht so viel mitbekommen von der Welt da draußen. Das Leben war mühsam und auf das Grundsätzliche beschränkt, für oberflächliche Kleinigkeiten war kein Platz.

Für mich hatte sich auch jetzt nicht viel geändert: Ich hatte keine besonderen Ansprüche – außer an das Klavier.

»Trotzdem wischst du immer noch jeden Morgen unsere Tische sauber. Und nicht nur husch-husch, sondern richtig gründlich. Ich habe zwar keine Ahnung davon, aber ich schätze, mit dem Leben in den Bergen verhält es sich ähnlich. Wenn man zu unachtsam vorgeht, gerät man in Gefahr. Wenn man sich dort nicht gegen die Kälte wappnet, erfriert man. Und wenn man nicht aufpasst, könnte man von wilden Tieren angefallen werden.«

»Na ja, ganz so schlimm ist es nun auch nicht.«

»Aber es stimmt doch, du hältst deinen Stimmschlüssel immer auf Hochglanz poliert. Vermutlich hat man dir das früh genug eingetrichtert, dass man seine Werkzeuge in Schuss halten muss, da sie sonst im Notfall nicht richtig funktionieren.«

»Na ja, was soll ich sagen …«

Ich hörte hinter mir ein unterdrücktes Glucksen. Es war Akino-san. Er wischte sich die Hände mit einem Taschentuch sauber, während er zu seinem Schreibtisch zurückging.

»Kitagawa-san, was machen Sie denn da? Ihre Komplimente bringen den jungen Mann doch total in Verlegenheit.«

Kitagawa-san verzog den Mund und sprach dann leiser zu mir:

»Ich sage dir, wer Augen im Kopf hat, bemerkt deine Fortschritte. Lass dich nicht unterkriegen!«

Damit zog sie mit dem Tablett von dannen.

»Wieso unterkriegen? Wegen was denn?«, mischte sich Akino-san immer noch amüsiert ein. »Hat einer der Kunden einen anderen Stimmer verlangt?«

Ich nickte schwach. Ich wollte nicht als Versager dastehen, aber leider war es so, und das, obwohl ich überhaupt nicht wusste, woran es lag.

»Ich weiß auch nicht, was ich falsch gemacht habe«, stammelte ich.

Zögernd erzählte ich Akino-san von dem gestrigen Vorfall.

»Als ich mit dem Stimmen fertig war, fragte mich die alte Dame, nachdem sie das Klavier ausprobiert hatte, ob es denn jetzt den perfekten Klang hätte.«

Sie sagte mir, dass sie das lange Zeit vernachlässigte Klavier neu stimmen lassen wollte, und zwar für ihren Enkel, der bald in die Grundschule kommen würde und bei dieser Gelegenheit auch Klavierunterricht bekommen sollte. Das Instrument war in einem denkbar schlechten Zustand, aber ich habe es dann innen komplett gereinigt, es gestimmt und den Klang soweit auf Vordermann gebracht.

»Für seine musikalische Erziehung sollte ihr Enkel auf einem Klavier mit perfektem Klang spielen lernen.«

»Hm.«

Akino-san schniefte.

»Ich konnte ihr aber natürlich nicht versichern, dass das der perfekte Klang sei.«

So etwas wie der perfekte Klang existiert nicht. Kein Klang ist absolut. Ich hätte auch einfach ›ja‹ sagen können. Doch ich finde, einem Kind, das ein Instrument erlernt, sollte nicht vorgeschrieben werden, wie Perfektion zu klingen habe.

»Puh, du bist ganz schön dämlich. Tomura-kun!«, sagte Akino-san süffisant. »Du hättest einfach zustimmen sollen. Wer spielt schon gern auf einem Klavier, von dem er nicht weiß, ob es gut klingt?«

»Auch wieder wahr.«

Fast hätte ich genickt, schüttelte dann aber doch zweifelnd den Kopf.

»Aber reicht es denn nicht, dass es für die Person, die es spielt, gut klingt?«

Akino-san gab ein hüstelndes Lachen von sich.

»Du bist echt ein Umstandskrämer, Tomura-kun.«

»Hm.«

Umstandskrämer. Vielleicht verlangten die Leute deshalb einen anderen Stimmer als mich? Sie wollten jemanden, der ihnen Sicherheit vermittelte statt Zweifel.

Als ich noch in den Bergen lebte, kam der Landarzt nur montags und donnerstags in die Dorfklinik. Er fackelte nicht lange, sondern stellte klare Diagnosen. Eine Grippe war eine Grippe. Er ließ einen auch unumwunden wissen, ob man bald wieder gesund sein würde oder ob sich der Zustand verschlimmern könnte.

In den städtischen Kliniken war das anders. Die Ärzte stellten nie eine klare Diagnose, sondern äußerten immer nur einen Verdacht.

Wer war aufrichtiger? Die Ärzte in den Städten, denke ich, da sie immer verschiedene Möglichkeiten in Betracht ziehen. Aber half diese Ungewissheit den Patienten? Da hatte ich meine Zweifel.

»Was hast du ihr denn geantwortet?«

»Ich redete mich heraus, indem ich ihr sagte, wenn man von ›perfekt‹ spricht, dann wäre es schon der optimale Klang, den dieses Klavier hervorbringen kann.«

»Hm.«

Akino-san knurrte skeptisch.

»Das ist doch nicht falsch, und ich habe auch nicht gelogen.«

Akino-san wiegte nachdenklich den Kopf.

»Wenn man aufrichtig sein möchte, dann muss man das wohl sagen. Aber es klingt nun mal sehr subjektiv.«

Ohne gegenseitiges Vertrauensverhältnis wird man den Kunden ohnehin nichts Verbindliches vermitteln können, egal, ob nun subjektiv oder objektiv. Aber wie sollte ich es anstellen, Vertrauen bei meinen Kunden zu schaffen?

»Auch wenn man es nicht mit Worten ausdrücken kann, ein guter Klang sollte überzeugen«, sagte Akino-san ohne Umschweife. »Das Kriterium ›optimal‹ steht auf einem anderen Blatt. Aber gut muss der Klang schon sein. In der griechischen Antike ...«, begann Akino-san und wirbelte den Kugelschreiber zwischen zwei Fingern herum, »... da bestand das gesamte Studium nur aus zwei Disziplinen: Astronomie und Musik. Mit Kenntnissen auf beiden Gebieten ließe sich die Welt erklären. Davon waren sie absolut überzeugt.«

»Ach.«

»Musik ist die Mutter aller Wissenschaften, Tomura-kun.«

Aha, die Welt im alten Griechenland beruhte also auf Sternenkunde und Musik. Was für eine schöne Idee! Aber war es eine heile Welt? Soweit ich mich erinnern konnte, fanden da ziemlich viele Kämpfe und Kriege statt.

»Weißt du, wie viele Sternbilder es gibt?«

»Nein.«

Ich schüttelte den Kopf. Akino-san lächelte überheblich.

»Es sind achtundachtzig«, trumpfte er auf.

Jetzt, wo er es erwähnte, erinnerte ich mich an eine Unterrichtsstunde, in der wir die Sternbilder durchgenommen hatten. Ich fand es höchst seltsam, dass man aus Myriaden von Sternen willkürlich ein paar größere herauspickte, sie durch Linien verband und diesen Konstellationen dann Namen gab. Denn dazwischen existierten doch so viele andere leuchtende Gestirne, die man sogar mit bloßem Auge zu erkennen vermochte. Man konnte sie doch nicht einfach ignorieren und nur ein paar ausgewählte zu Umrissen verbinden. Ich fand es absurd, dass aus dieser unendlichen Zahl an Sternen lediglich achtundachtzig Bilder herausgepickt worden waren.

In gewisser Weise konnte ich jedoch nachvollziehen, dass Astronomie und Musik als Matrix der Welt galten. Man extrahiert aus dem unendlichen Sternenmeer einige wenige Exemplare, um sie in eine umrissene Form zu bringen. Beim Stimmen ist es ähnlich. Man erwählt schöne Dinge aus dem Gesamtgefüge der Welt, wo sie sich im aufgelösten Zustand befinden. Dabei geht man ganz behutsam vor, um die Schönheit in der Sichtbarmachung zu bewahren.

C, D, E, F, G, A, H – die sieben Töne beziehungsweise zwölf, wenn man die Halbtonschritte dazurechnet – werden herausgefiltert, bezeichnet und funkeln nun ebenso wie die Sternbilder. Es ist die Aufgabe des Stimmers, diese Töne aus dem unendlichen Klangkosmos herauszufischen und harmonisch zu arrangieren.

»He, Tomura-kun, hörst du mir noch zu?«

Das Kinn in die Hände gestützt, sah Akino-san mich ungehalten an.

»Die Anzahl der Sternbilder entspricht genau den achtundachtzig Tasten auf dem Klavier.«

»Aha.«

»Die Zwillingsdisziplinen in der Antike – das Vermächtnis von Astronomie und Musik.«

»Mensch, Akino-san!«, unterbrach ihn Kitagawa-san, weil sie es offensichtlich nicht mehr mitanhören konnte.

»Reden Sie doch nicht solchen Quatsch. Tomura-kun glaubt Ihnen sonst noch.«

Quatsch? Über die Geschichte des Klaviers habe ich einiges in der Fachschule gelernt. Seine Urform war das Cembalo, das jedoch keine achtundachtzig Tasten besaß. Und in der griechischen Antike existierte kein Tasteninstrument dieser Art. Erst vor etwa zweihundert Jahren, zu Beethovens Zeiten, wurde das Cembalo durch das Klavier ersetzt, das jedoch damals auch noch keine achtundachtzig Tasten besaß, sondern nur achtundsechzig beziehungsweise dreiundsiebzig. Beethoven hatte seine »Mondscheinsonate« für Cembalo oder Hammerklavier zugleich komponiert. Der erste Satz war noch für das Cembalo konzipiert, aber der zweite Satz wich davon ab. Das lässt darauf schließen, dass Beethoven vom Cembalo überwechselte und für ein Klavier mit achtundachtzig Tasten komponierte.

Gab es tatsächlich achtundachtzig Sternbilder? Oder war das von vornherein ausgemachter Quatsch, den die Zwillingsdisziplinen Astronomie und Musik erfunden hatten?

Ohne darüber befinden zu können, ob da etwas dran war, öffnete ich trotzdem mein Notizbuch:

Anzahl der Sternbilder = Anzahl der Tasten der Klaviatur. Als ich die Ziffer 88 hinzufügte, bemerkte ich, wie Akino-san sich zu mir beugte.

»He, du kritzelst ja immer noch in dein Buch.«

Er spähte neugierig herüber, worauf ich das Buch hastig zuklappte.

»Verzeihung.«

Es war mir peinlich. Ich befand mich im dritten Berufsjahr und machte mir immer noch Notizen wie ein blutiger Anfänger.

»Ist doch okay«, sagte Akino-san lapidar. »Ich wünschte, ich hätte mir auch immer alles sofort aufgeschrieben. Wenn man eine Arbeit beginnt, fallen einem alle möglichen Dinge auf. Hätte ich mir das notiert, wäre ich vielleicht schneller vorangekommen. Es war nicht so, dass ich zu faul zum Aufschreiben gewesen wäre, aber ich dachte einfach, die Stimmtechnik erlernt man schließlich mit den Händen und den Ohren, also betrifft sie nur das körperliche Gedächtnis.«

Auf mein geschlossenes Notizbuch starrend, fuhr er fort:

»Man denkt, Fingerfertigkeit ist eine rein mechanische Frage, ebenso das Gehör. Aber das ist ein Irrglaube. Hier sitzt das Erinnerungsvermögen.«

Dabei tippte er sich an den Kopf.

Es ging also nicht nur mir so. Auch ich hatte lange geglaubt, dass das Erlernen der Technik eine rein physische Angelegenheit sei. So viel Zeit war bereits vergangen, und trotzdem beherrschte ich noch immer nicht das Wesentliche, sodass ich schon fast aufgegeben hätte, weil ich glaubte, mir fehle einfach ein besseres Gehör oder geschicktere Hände. Aber dennoch biss ich die Zähne zusammen und machte mir weiterhin Notizen.

»Aufschreiben allein genügt aber nicht. Man muss es auswendig lernen, verinnerlichen. So wie die Meilensteine der Geschichte, zuerst stur chronologisch. Irgendwann erkennt man dann das große Ganze, wie alles zusammenhängt«, dozierte Akino-san.

Natürlich kann man nicht den gesamten Prozess des Stimmens schriftlich fixieren. Aber die technischen Feinheiten in Worte zu fassen, hilft mir dabei, den Klang festzuhalten, der ansonsten einfach an mir vorbeifließen würde. Mit dem Schreiben hefte ich die technischen Feinheiten, die ich verinnerlichen möchte, wie mit Nadeln an meinen Körper.

»Hey, was ist denn mit euch los?«

Yanagi-san schneite sichtlich gut gelaunt ins Zimmer herein.

»Gar nichts. Wir haben bloß über das Wetter geredet«, erwiderte Akino-san abweisend.

»Ja, es ist wirklich ein Mistwetter«, rief Yanagi-san. »So ein Wolkenbruch versaut die beste Stimmung bei jedem Klavier. Ach übrigens –«

Das ließ uns alle aufhorchen.

»... ich habe Neuigkeiten«, verkündete er und räusperte sich. »Also ... ich werde bald heiraten.«

»Wirklich? Diesmal ganz sicher?«, fragte ich.

»Ja, diesmal ganz sicher.«

Er strahlte übers ganze Gesicht. Er hatte, seit er damals den Ring überreicht hatte, schon öfter angekündigt, dass er heiraten würde. Hamano-san hatte es jedoch immer wieder mit der Begründung hinausgeschoben, dass sie erst ihr umfangreiches Projekt abschließen wolle. Sie war Übersetzerin, und offenbar erschien nun endlich das Buch, an dem sie gearbeitet hatte.

»Mein Glückwunsch.«

»Herzlichen Glückwunsch.«

»Danke, danke.«

Yanagi-san wirkte überglücklich und versuchte auch nicht, es zu verbergen.

Ob heiraten nun so erstrebenswert war, vermochte ich nicht zu beurteilen, aber ihn so glücklich zu sehen, freute mich sehr für ihn.

Ich nahm den Koffer mit den Stimmwerkzeugen und ging nach draußen. Der beißend kalte Wind hatte nachgelassen. Das Blau des Himmels war auch ein wenig strahlender geworden. Der Frühling stand vor der Tür.

Als ich über den Parkplatz schritt, kam mir Yanagi-san hinterher.

»Es wird Zeit, die Reifen zu wechseln«, sagte er.

»Ich denke, es wird noch einige Male schneien.«

»Glaubst du?«

Yanagi-san schaute zum Himmel empor.

»Übrigens ... Halte dir den zweiten Sonntag im Mai frei.«

»Okay.«

»Da heiraten wir. Nach der Trauung veranstalten wir eine Hochzeitsfeier im Restaurant.«

»Wie schön!«

»Finde ich auch.«

Er wirkte etwas verlegen.

»Ich war noch nie auf einer Hochzeit.«

»Na ja, du bist ja auch noch jung. Wahrscheinlich heiratet da noch keiner in deinem Umfeld. Es ist auch keine feierliche Zeremonie, sondern eine lockere Hochzeitsparty.«

Ich konnte mir niemanden vorstellen, jedenfalls nicht in den nächsten Jahren, der mich zu einer Hochzeitsfeier einladen würde. Höchstens vielleicht mein jüngerer Bruder.

»Eine Sache noch. Hast du einen Moment?«

Ich nickte und stellte den schweren Koffer ab. Ich hatte Zeit, da ich frühzeitig aufgebrochen war.

»Ich habe mir überlegt, dass Musik schön wäre bei der Feier.«

»Ja.«

»Die Leute aus meiner Band habe ich auch eingeladen und zuerst dachte ich an sie, aber Punkrock passt dann doch nicht so zu diesem Anlass. Ich dachte eher an Klaviermusik.«

»Gute Idee.«

»Ich habe ein paar Restaurants mit Klavieren aufgetrieben. Wir hatten die Wahl: eins mit einem guten Klavier, wo allerdings das Essen eher mittelmäßig ist, oder eins mit fantastischem Essen, aber dafür ist das Instrument nicht so berauschend. Für was würdest du dich entscheiden?«

»Für das mit dem guten Klavier natürlich.«

»Dachte ich auch.«

Er blickte auf meinen Koffer.

»Aber sie ist der Meinung, ich solle das mit dem vorzüglichen Essen nehmen.«

»Oh …«

Ich war etwas überrascht, denn ich hatte angenommen, Hamano-san wäre das Klavier auch wichtiger als das Essen.

»Dann bräuchten wir uns nicht um das angemessene Dinner zu sorgen, und das mit dem Klavier kann man ja in den Griff kriegen.«

»Ja, das kann man.«

»Nicht ›man‹. Als Bräutigam habe ich dafür keine Zeit. Sonst würde ich mich natürlich darum kümmern, aber ich schaffe es nicht. Also habe ich mir überlegt …«

Yanagi-san blickte mich direkt an.

»Ich habe nämlich eine großartige Pianistin engagiert.«

»Klingt gut.«

»Logischerweise sind natürlich einige Gäste eingeladen, die über ein exzellentes Gehör verfügen. Aber auch alle anderen werden sicher eine gute Musikeinlage zu schätzen wissen.«

Er schien ganz aufgeregt zu sein.

»Deshalb möchte ich dir das Stimmen überlassen.«

Damit hatte ich nicht gerechnet.

»Äh ... aber ... Wieso denn gerade ich?«, stammelte ich.

Er hätte doch auch Akino-san bitten können, oder, noch besser, Itadori-san.

»Würdest du dich darum kümmern?«

Einen Moment lang zögerte ich, weil ich glaubte, ich müsse bei einem solch feierlichen Anlass einem erfahrenen Stimmer den Vorrang lassen.

»Kazune wird für uns spielen.«

»Oh.«

Ich war zunächst verwundert, doch dann freute ich mich darauf, dass Kazune an diesem feierlichen Tag für uns alle spielen würde.

»Nun wirst du doch bestimmt einwilligen, oder?«, feixte Yanagi-san.

»Tja, ich denke ...«

Plötzlich wallte ein Gefühl in mir auf, das ich nicht zurückhalten konnte.

»Ich mache das«, erklärte ich spontan und war selbst erstaunt, wie willensstark meine Stimme klang.

»Ich mache das sehr gerne.«

Als ich mich dankend verneigte, nickte mir Yanagi-san erfreut zu.

23

Als ich abends ins Büro zurückkehrte, fand ich eine Notiz auf meinem Schreibtisch.

»Kimura-san hat den Termin abgesagt«, stand auf dem Zettel.

Abgesagt? Mich beschlich ein schlechtes Gefühl. Ich ging zu Kitagawa-san, die mir sicher die Notiz hingelegt hatte.

»Hat er komplett abgesagt, also nicht nur den Termin verschoben?«

»Ja.«

Kitagawa-san wirkte verlegen.

»Noch einer, der einen anderen Stimmer will?«

Sie druckste herum.

»Ähm ...«

»Will er ganz auf unsere Dienste verzichten?«

»Das hat er nicht gesagt.«

»Es tut mir echt leid«, sagte ich und senkte schuldbewusst den Kopf. Alle Augen im Büro waren auf mich gerichtet.

»Du brauchst dich nicht zu entschuldigen, Tomura-kun. Es hat nicht unbedingt etwas mit dir zu tun. Vielleicht gibt er einfach bloß das Klavierspielen auf.«

Das hätte er doch sagen können.

»Gräm dich nicht. Nicht jeder kann es sich heute leisten, nur zum Spaß Klavier zu spielen und noch weniger, das Instrument einmal pro Jahr stimmen zu lassen.«

Sie wollte mich offenbar trösten. Aber es half nicht. Wenn der Kunde beim letzten Mal zufrieden gewesen wäre mit meiner Arbeit, hätte er garantiert nicht abgesagt. Warum er dann den Termin überhaupt erst vereinbart hatte, konnte ich mir allerdings nicht erklären, ich war ja zuletzt vor einem knappen Jahr bei ihm gewesen.

Als ich zu meinem Schreibtisch zurückkehrte, versuchte ich mir meinen Kummer nicht anmerken zu lassen. Einen Seufzer konnte ich mir jedoch nicht verkneifen. War ich wirklich so mies?

Als ich den Kopf hob, sah Akino-san schnell weg.

»Was glauben Sie, was ist denn nun das Entscheidende für einen Stimmer?«, wagte ich ihn dennoch zu fragen.

»Der Stimmschlüssel«, erwiderte er, den Blick immer noch abgewandt.

»Nein, das meine ich nicht.«

»Ausdauer.« Diesmal meldete sich Yanagi-san neben mir zu Wort.

»Und Wagemut«, fügte er hinzu.

»Plus Resignation«, konterte Akino-san.

Sie überboten sich geradezu. Es war zum Glück nicht von Begabung oder Talent die Rede und dafür war ich ihnen sehr dankbar.

»Ausdauer! Das auf jeden Fall«, lachte Kitagawa-san amüsiert.

Ich hingegen konnte mit ›Wagemut‹ etwas anfangen. Ein Klavier lässt sich durch Stimmen völlig ummodeln, und dazu muss man innerlich bereit sein.

»Aber warum Resignation?«, fragte ich.

Alle Augen richteten sich auf Akino-san.

»Oje …«, stöhnte Akino-san. »Versteht mich nicht

falsch. Egal, was man auch unternimmt, perfekt wird man es nie hinkriegen. An einem bestimmten Punkt muss man sich sagen, damit hat sich's, und sein Werkzeug einpacken. Das meine ich mit Resignation.«

»Und wenn man nicht lockerlässt, was dann?«, hakte Yanagi-san nach.

Das war genau die Frage, die auch mir auf den Lippen lag.

»Wenn man kein Ende findet, dreht man doch irgendwann durch«, erwiderte Akino-san unbeirrt.

War es ein stilles Einverständnis, dass keiner im Raum ihm widersprach? Verlor man irgendwann den Verstand, wenn man sich bis zum Äußersten bemühte? War ich schon einmal kurz vor dem Durchdrehen gewesen?

»Das haben wir doch alles schon endlos durchgekaut«, sagte Yanagi-san.

»Wir fragen uns eben, warum Kunden ihre Termine mit Tomura-kun absagen«, erwiderte Akino-san.

»Ich glaube nicht, dass er schlechte Arbeit gemacht hat. Er hat eben nur noch längst keine zehntausend Stunden Klaviere gestimmt«, schaltete sich Kitagawa-san ein.

»Das ist doch reinster Humbug, diese Zehntausend-Stunden-Theorie.«

Ich hatte es mir schon gedacht. Sie hatte mich damit bloß beruhigen wollen.

»Es gibt Menschen, die schaffen es auch, ohne zehntausend Stunden auf dem Buckel zu haben, und dann gibt es eben Kandidaten, die schaffen es nie, auch wenn sie sich längst zehntausend Stunden lang abgerackert haben.«

»Sie nehmen ja echt kein Blatt vor den Mund!«

Yanagi-san warf den Kopf in den Nacken und schaute zur Decke.

»Ach, kommt schon, das wissen wir doch alle. Begabung, Talent – es bringt nichts, sich ewig das Hirn darüber zu zermartern«, beharrte Akino-san. »Man muss einfach seinen Job machen!«

Ich war sprachlos. Glaubte er das wirklich?

»Man kann gut ohne Talent klarkommen. Aber tief im Innern halten wir daran fest, dass etwas, das wir selbst nach zehntausend Stunden noch nicht ganz begreifen können, sich eventuell nach zwanzigtausend Stunden offenbart. Anstatt darauf zu hoffen, sollte man besser eine großzügige Perspektive einnehmen, als ewig dieser kleinkrämerischen Sicht nachzuhängen. Oder nicht?«

»Ja.«

Meine Stimme klang heiser. Ich war nicht sicher, ob ich ihn richtig verstand. Aber was er anfangs sagte, schien mir wahr zu sein. Wir existieren nicht, weil wir talentiert sind. Auch ohne jede Begabung würden wir gut weiterleben können. Und ich wollte mir nicht mehr endlos den Kopf darüber zerbrechen, ob ich nun Talent hatte oder nicht. Ich wollte einfach nur mit meinen Händen etwas Wesentliches bewerkstelligen.

Die beruhigende Stimme von Itadori-san ertönte vom Eingang: »Hallo, ich bin wieder da.«

Bevor ich Akino-san antworten konnte, ergriff Yanagi-san das Wort.

»Itadori-san, was meinen Sie: Was macht einen guten Stimmer wirklich aus?«

Er stellte seinen schweren Koffer ab und erklärte dann in sanftem Ton:

»Ich denke, die Kunden.«

Ich dachte an den neutralen Klang zurück, den Itadori-san im Konzertsaal für den weltberühmten Pianisten aus Deutschland geschaffen hatte. Aber dann war es der Pianist selbst, der es mit seiner Hilfe schaffte, dem Instrument diese wundervolle Musik zu entlocken.

Und was war mit mir? Die Gesichter meiner Kunden, deren Namen mir nicht sofort einfielen, tauchten deutlich vor mir auf. Freundliche, lächelnde Gesichter, aber auch solche, die mürrisch dreinblickten und wortkarg blieben. Zweifelsohne waren sie es: Ihnen verdanke ich meine Ausbildung. Auch Kazunes ernste Miene erschien vor mir, die sich jedoch sofort mit einem weichen Lächeln entspannte.

24

Am Tag vor der Hochzeit ging ich in das Restaurant, wo die Feier stattfinden sollte, um den Flügel zu stimmen, der in der Ecke des Festsaals stand. Das ruhige Ambiente gefiel mir.

Der Flügel war hochwertiger als erwartet. Yanagi-san hatte von der exzellenten Gastronomie geschwärmt, aber scheinbar hatten die Betreiber auch irgendwann einmal Wert auf ein angemessenes Instrument für den musikalischen Rahmen gelegt.

Aufgeregt öffnete ich den Deckel. Beim Anblick der Klaviatur beschlich mich jedoch ein ungutes Gefühl. Die erste genauere Betrachtung genügte, um meine schlimmsten Befürchtungen zu bestätigen. Die Höhe der Tasten schwankte an einigen Stellen um etwa 0,5 mm. Ich schlug ein paar Töne an, um die Abweichungen akustisch zu überprüfen. Die Mechanik war schwergängig. Der holprige Missklang erinnerte mich an ungelenkes Seilspringen, wenn die Kordel sich verhedderte und man darüber stolperte.

Ich sah Kazune vor mir, wie sie in ihrer Schuluniform am Flügel saß und voller Hingabe spielte. Na ja, wahrscheinlich nicht in Uniform, denn die würde sie wohl kaum auf einer Hochzeitsfeier tragen. Aber eine anders gekleidete Kazune konnte ich mir wiederum gar nicht vorstellen. Kazune in aufrechter Haltung, ihre Finger, die mit anmutigen Bewegungen über die Tasten tanzten. Wie sie das Instrument zum Klingen brachte. Ein Klang, der wie sprudelndes Quellwasser dahinfloss und die Ohren der Zuhörer erfreute.

Ich schlug weitere Tasten an. Nein, das war ihrer nicht würdig. Sie sollte nicht auf einem Flügel in diesem Zustand spielen. Also machte ich mich an die Arbeit, mit ihrem Bild vor meinem inneren Auge.

Ich hob die Abdeckung und befestigte sie mit der Stange. Der Stimmstock mit den sauber angeordneten Stiften, an denen die Saiten befestigt sind, beeindruckte mich jedes Mal aufs Neue. Es war ein kleiner Wald. Der Resonanzboden aus Fichtenholz, der den Schall Tausende von Metern pro Sekunde aussendete. Hier setzte ich an, um Kazunes Spiel zu einem angemessenen Klang zu verhelfen, indem ich durch ein neues Arrangement das Unterholz von Gestrüpp befreite, um ihr den Zugang zu erleichtern.

Zuerst wollte ich die Höhe der Tasten regulieren. Die Vorderdruckscheiben waren verschlissen, aber durch Einlegen dünner Papierstreifen ließ sich die Höhe anpassen. Der Tastentiefgang beträgt lediglich zehn Millimeter. Eine geringfügige Abweichung von nur einem halben Millimeter wirkte sich bereits erschwerend auf den Anschlag aus.

Dann kam die nächste Aufgabe: das Ausrichten der Hämmer. Ich prüfte alle Positionen, wo diese gegen die Saiten schlugen.

Erst jetzt konnte ich mit dem eigentlichen Stimmen beginnen. Wie Yanagi-san mir einst empfohlen hatte, schloss ich die Augen, um mir den angestrebten Klang vorzustellen. Es klappte. Das Klangbild fest in meinem Inneren verankert, lauschte ich mit geschlossenen Lidern dem Ton, während ich den Stimmschlüssel drehte.

Wenn ich mit dem Klavier beschäftigt bin, verliere ich jegliches Zeitgefühl. Ich arbeite hochkonzentriert, ohne müde zu werden. Vier Stunden waren wie im Flug vergangen, als ich mit dem Stimmen fertig war. Der Flügel befand sich nun in einem weitaus besseren Zustand. Übertragen auf das Springseil, hatte ich nun das Gefühl, einen Doppelsprung vollführen zu können. Tack-tack. Der Ton wirkte elastisch. Das Seil gehorchte einem gleichmäßigen Rhythmus, ich konnte endlos hüpfen.

Ich hatte darum gebeten, dass Kazune am nächsten Morgen ganz früh mit dem Proben beginnen sollte, falls ich vor der Feier noch Feinabstimmungen vornehmen musste. Sowohl die Pianistin als auch das Restaurant waren mit meinem Vorschlag einverstanden gewesen.

»Das passt mir wunderbar, so kann ich mich rechtzeitig mit dem Klavier vertraut machen«, hatte Kazune sich gefreut.

Sie zog ihre Noten aus einem Stoffbeutel.

»Unser Klavier daheim, das in der Schule und der Flügel bei Ihnen im Veranstaltungsraum – jedes hat seinen ganz eigenen Klang.«

Yuni, die neben ihr stand, nickte.

»Ich dachte immer, unser Klavier wäre für mich am einfachsten zu spielen. Aber als ich dann auf dem Flügel im Saal bei Ihnen gespielt habe, war ich total überrascht, wie toll es klang.«

Es lag ganz sicher daran, dass er von Itadori-san gestimmt worden war.

»Ja, es klang gut und war leicht zu spielen. Aber du hattest doch nie mit einem Klavier Probleme, oder, Yuni?«

Yuni lächelte.

»Das kam dir nur so vor.«

Kazune schaute ihre Schwester erstaunt an, worauf Yuni fortfuhr:

»Du dachtest immer, ich könnte mühelos all das, was dir nicht gelingt, was?«

Kazune schwieg, worauf Yuni sich prompt an den Flügel setzte, den Deckel hob und einen Ton anschlug.

Die Zwillinge sahen sich an. Diesen Ausdruck auf ihren Gesichtern werde ich nie vergessen.

»Klingt toll!«, sagte Yuni.

Sie drehte sich zu mir um. Ihre Augen leuchteten.

»Ja, wirklich, perfekt!«, stimmte Kazune ihr zu. Sie lächelte.

Mir fiel ein Stein vom Herzen.

Aber zugleich bangte ich darum, was Yuni, die eigentlich nicht mehr spielen konnte, nun aber am Flügel saß und die Tasten anschlug, ihrer Schwester noch so alles an den Kopf werfen würde. Ich hatte absolut keine Ahnung, was in den beiden gerade vorgehen mochte.

»Kazune, du kannst das genauso gut.«

Yunis Stimme klang fröhlich.

»Du kannst auch auf jedem Klavier ohne Weiteres loslegen.«

Yuni stand auf, und die Zwillinge tauschten ohne viel Aufhebens die Plätze. Kazune stellte ihre Noten auf die Ablage und setzte sich. Genau wie Yuni schlug sie eine Taste an. Es war der Kammerton a'. Eine Landschaft aus Klang tat sich auf. Vor mir lag ein Pfad, der tief in einen silbrig schimmernden Wald führte, wo ganz in der Ferne ein junger Hirsch herumsprang.

»Es klingt wie das Plätschern von kristallklarem Wasser.«

Yuni strahlte mich an. Erstaunlich, dachte ich, wie derselbe Klang bei jedem andere Assoziationen hervorrief.

Kazune ließ für einen Moment die Hände im Schoß ruhen, bevor sie ihr Stück spielte. Sie legte so natürlich los, dass ich keine Zeit hatte, mich darauf vorzubereiten – als würde sie die frei im Äther schwebende Musik ergreifen und durch das Instrument zu uns bringen. Ihre Hände bewegten sich wie selbstverständlich auf der Klaviatur, ohne jegliche Attitüde.

Es war ein sanftes Stück, das ruhig einsetzte und sich zum Höhepunkt hin in hell schimmernde, perlende Partikel auflöste. Der Klang entfaltete sich, kristallklar, ohne irgendwelche Trübungen. Auch die Harmonien der Akkorde waren gut ausbalanciert.

Ich analysierte jedes Detail. Dabei wurde mir bewusst, dass ich Kazunes Spiel nicht unvoreingenommen, sondern mit den Ohren eines Stimmers verfolgte.

»Es klingt ganz anders, als wenn sie zu Hause übt«, rief Yuni aufgeregt.

Mit hochroten Wangen drehte sie sich zu mir um.

»Sie haben ein Wunder vollbracht, Tomura-san. Ich kann es kaum erwarten, zu lernen, wie man ein Klavier stimmt. Darf ich bei Ihnen in die Lehre gehen?«

»Was?!«, entfuhr es mir viel zu schrill.

War sie jetzt völlig übergeschnappt?

»Es ist doch nicht mein Verdienst, sondern Kazunes.«

Sie brauchte das Instrument nur kurz anzuspielen und

schon hatte sie es sich zu eigen gemacht. Yuni hatte natürlich recht gehabt. Kazune konnte auf jedem Klavier glänzen.

»Aber nein – es ist der spezielle Klang dieses Klaviers, der sie mitreißt. Kazune surft förmlich darauf und genießt es, etwas Unverwechselbares hervorzubringen.«

Yuni überschlug sich fast vor Begeisterung.

In dem Augenblick erschien ein Mitarbeiter des Restaurants. Er erkundigte sich, ob es uns etwas ausmache, wenn sie schon mit den Vorbereitungen beginnen würden.

»Sie können gern noch weiterproben.«

»Ja, natürlich, danke«, erwiderte ich.

Zum Glück hatten wir früh begonnen. Ich war froh, dass wir genug Zeit gehabt hatten, um zumindest mit einem Stück den Klang zu überprüfen.

Inzwischen wuselten einige Angestellte im Saal herum, um Tische und Stühle neu zu arrangieren, während Kazune unverdrossen weiterspielte.

»Yanagi-san hat es ihr überlassen, welche Stücke sie vortragen möchte«, tuschelte Yuni mir zu.

»Wir haben dann zusammen beratschlagt, welche Musik sich für eine Hochzeitsfeier eignet.«

»Sie haben sicher wunderbare Stücke ausgewählt«, sagte ich.

Yuni nickte zur Bestätigung.

Die nächste Melodie, ebenfalls ein Stück aus der Zeit des Barock, wie ich erkannte, war genauso leicht und beschwingt.

Es war ja keine offizielle Aufführung und auch kein Wettbewerb, sondern die Musik sollte die feierliche Stimmung untermalen, aber auch auflockern. Die sanften, heiteren Weisen waren für diesen Anlass genau das Richtige.

Just in dem Augenblick, als ich dachte, wie reibungslos die Probe lief, passierte es.

Etwas war anders.

Ich schaute erst zum Flügel und dann zu Kazune. Sie spielte ungestört weiter, ein sanfter Ausdruck lag auf ihrem Gesicht. Um uns herum breitete das Personal rosa Tücher auf den Tischen aus. Im Prinzip hatte sich nichts geändert, weder an Kazunes Spiel noch am Flügel.

Aber etwas störte mich. Es klang dumpfer, nicht mehr so brillant. Ich drängte mich an einem Kellner vorbei.

»Verzeihung, darf ich mal kurz?«

Ich stand jetzt mitten im Saal, weiter entfernt vom Flügel. Rundherum nahm die Hektik allmählich zu.

Es sah immer noch so aus, als würde Kazune sich durch nichts ablenken lassen bei ihrem Spiel. Und dennoch, etwas war anders.

Spielte sie verhaltener, weil hier jetzt Hochbetrieb herrschte? Der Klang hatte kaum Reichweite. Die feinen Schwingungspartikel, die zuvor durch den Raum geperlt waren, erreichten mein Gehör nicht mehr.

Ich ging auf den Flügel zu, um Kazune aus der Nähe zu beobachten, stoppte jedoch auf halbem Weg. Kazune wirkte unverändert, aber mit dem Instrument war etwas geschehen. Die Resonanz fehlte. Mit jedem Schritt, den ich ihm näher kam, verschob sich der Klang.

»Entschuldigung, darf ich mal schauen?«, fragte ich sie, als das Stück zu Ende war.

Die Hände im Schoß, drehte sie sich zu mir um.

»Haben Sie zwischendurch etwas an Ihrer Spielweise geändert?«, vergewisserte ich mich.

Sie schüttelte den Kopf.

»Irgendwie ist die Akustik anders, finden Sie nicht auch?«

Kazune nickte leicht.

»Ja, plötzlich klang es dumpfer.«

Kazune drehte den Kopf, und ich folgte ihrem Blick. Hinten im Saal stand Yuni und zeigte Richtung Decke. Ich schaute ebenfalls nach oben, konnte aber nichts Auffälliges entdecken. Kazune begann wieder zu spielen. Es war das erste Stück, das so sanft und heiter klang. Yuni hatte ihr also ein Zeichen gegeben, es noch einmal zu probieren.

Aber es wurde nicht besser.

Kazune im Auge behaltend, entfernte ich mich vom Klavier und näherte mich rückwärts dem ersten Tisch. Dann zum nächsten Tisch und wieder zum nächsten, zwischen den Kellnern hindurch. Der Schall waberte durch den Raum, behindert durch die umherlaufenden Kellner, und wurde schließlich von den ausgelegten Tischdecken absorbiert. Die Akustik war definitiv gestört. Ich konnte es sogar an meiner Haut wahrnehmen.

Plötzlich fielen mir die schweren Vorhänge im Musikzimmer der Sakuras ein, die ich als eine unnötige Einschränkung des Klangpotenzials empfunden hatte.

Ich hatte einfach die Umgebung außer Acht gelassen. Aus Unerfahrenheit, weil ich bisher nur Klaviere in Privathaushalten gestimmt hatte. Aber jetzt blieb keine Zeit, mir Vorwürfe zu machen. Ich musste den Flügel neu stimmen. Nein, dafür war es zu spät. Es wurden noch mehr

Tische gedeckt, und bald trafen die Gäste ein. All das beeinflusste den Schall erheblich, der dadurch reflektiert und absorbiert wurde. Außerdem flitzte nachher ständig das Personal mit Getränken und Speisen hin und her, um die Gäste zu bedienen. Besteck-Geklapper, Gläserklirren, das leise Getuschel und die lauten Toasts und Reden für das Brautpaar kamen noch störend hinzu. All das müsste ich berücksichtigen.

Blieb dafür überhaupt Zeit? Ich musste es wagen.

»Kazune, es tut mir leid. Ich will noch einige Anpassungen vornehmen.«

Sie nickte, sanftmütig wie immer.

»Kazune macht das schon. Sie kann doch überall spielen.« Yuni grinste.

»Es wird ein Weilchen dauern, also suchen Sie sich ein ruhiges Eckchen und entspannen Sie sich.«

Ich verbeugte mich.

Ich hatte keine Ahnung, wie lange es dauern würde, und ob ich es überhaupt schaffen würde.

»Tomura-kun«, ertönte Yunis fröhliche Stimme. »Es wird schon werden. Ich setze mich ganz nach hinten. Versuchen Sie die Töne in meine Richtung zu schicken.«

Was genau meinte sie mit ›schicken‹? Ich musste ziemlich verdutzt ausgesehen haben.

Auf dem Weg dorthin formulierte Yuni es noch mal anders.

»Also, ich dachte mir, Sie könnten doch die Töne zu mir herüberfliegen oder -springen lassen.«

Ich musste unwillkürlich lächeln.

»Danke.«

Schicken, fliegen, springen ... Ich verstand jetzt, was

sie mir mitteilen wollte. Aber wie sollte ich es umsetzen?

Ich versuchte, mir die vagen Begriffe bildlich vorzustellen. So nahmen sie allmählich Gestalt an, fingen an zu leuchten. Das war es, was ich tun musste: die Töne anheben und zum Leuchten bringen. Wie Sternbilder. Am heutigen Nachthimmel über uns würden der kleine Wagen mit dem hellen Polarstern, der große Bär und der Löwe sichtbar sein. Von wo man auch aufblickt, in ihrer ewig währenden Konstellation leuchten diese Sterne unverändert am Firmament.

»*Hell, ruhig und klar, wehmütige Erinnerungen weckend.*«

Leise murmelnd stand ich vor dem schwarzen Korpus.

»*Voller Strenge und Tiefe, aber zugleich nachsichtig milde.*«

Das war mein Sternbild. Schon immer strahlte es hell über dem Wald. Ich musste mich nur danach richten.

»*Schön wie ein Traum und wahrhaftig wie die Wirklichkeit.*«

Eine Konstellation nur für mich, die ihr Licht auf Kazune richtete, aber auch zu Yuni schickte, die etwas abseits saß.

Das Pedal! Ich musste den Spielraum neu einstellen, um Kazune eine Möglichkeit zu schaffen, den Klang nach Belieben zu modifizieren. So würde der Schall sich in jeden Winkel ausbreiten können.

Ich konnte außerdem die Rollen unter den Beinen verstellen, so wie ich es einst bei Itadori-san im Konzertsaal beobachtet hatte. Damals schaute ich ihm nur bewundernd zu, aber in diesem Moment begriff ich, dass die aktuelle Position des Schwerpunkts, bei der alle Räder nach innen gedreht sind, verlagert werden musste, um die Akustik zu verändern. Wenn man sie nach außen drehte, würde sich der Resonanzboden leicht wölben, was sich wiederum auf die Ausbreitung des Schalls auswirkte.

Ich würde Kazune den optimalen Klang für ihr Spiel ermöglichen.

Kazune, gekleidet in ein hellgrünes Taftkleid, begann sanft zu spielen. Es klang eher beschwingt denn pathetisch, sodass ich das Stück zuerst gar nicht erkannte: Mendelssohn Bartholdys Hochzeitsmarsch. Ein feierliches Stück, dem Hochzeitspaar zu Ehren. Kazune spielte die Verzierungen genauso betont wie die Hauptmelodie.

Schön wie ein Traum, wahrhaftig wie die Wirklichkeit.

Das Brautpaar betrat freudestrahlend den Saal und erhielt von allen Seiten Beifall. Als die beiden an den Tischreihen vorbeizogen, lächelten sie uns verlegen zu. Hamano-san, die Braut, war bildschön. Huldvoll verneigte sie sich in alle Richtungen, um die Gäste rundherum willkommen zu heißen.

»Wirklich toll, so eine Hochzeit«, wandte ich mich in meinem Überschwang ausgerechnet an Akino-san, der neben mir saß.

»So enthusiastisch kenne ich dich gar nicht, Tomura-kun«, sagte er gekünstelt lächelnd. »Wenn ich du wäre, würde ich jetzt, anstatt hier munter zu plaudern, angespannt das Klavierspiel verfolgen – auf dem Flügel, der von dir gestimmt ist.«

Jetzt, wo er es erwähnte, merkte ich erst, wie entspannt ich war. Kazune offenbar auch. Sie spielte weiterhin leicht und beschwingt. Es war eine ganz andere Stimmung als bei einem Konzert. Hier waren weder das Instrument noch die Pianistin und erst recht nicht der Stimmer die Hauptakteure, sondern es ging einzig und allein um das frisch getraute Paar und seine Gäste.

In den Salons früherer Zeiten, als das Klavier dort Einzug hielt, herrschte vermutlich eine ähnliche Atmosphäre.

»Es macht mir eben Spaß«, erklärte ich Akino-san, der daraufhin sarkastisch die Mundwinkel verzog.

»Na ja«, kommentierte er trocken und fügte genauso lakonisch hinzu: »Der Flügel klingt gut, nicht?«

»Ja.«

In diesem Moment blickte ich zu Yuni, die mir gegenübersaß. Sie lächelte mit Tränen in den Augen. Kazune, die über Yuni wachte, und Yuni, die Kazune beschützte. Ich war wie verzaubert, wenn ich die beiden sah – egal ob lachend oder weinend, aber immer stand das Klavier im Mittelpunkt.

»Mein erstes Lob von Ihnen, danke«, wandte ich mich nun wieder Akino-san zu, der jedoch blasiert wie immer keine Reaktion zeigte.

Ich wusste auch nicht genau, ob er nun meine Arbeit meinte oder eher Kazunes Darbietung, aber das war mir egal. Das eine kam ohne das andere nicht aus.

»Wie schön sie spielt, nicht wahr?«, sagte Yuni mit gebrochener Stimme. »Sie zelebriert Yanagi-sans Hochzeit und gratuliert dem Brautpaar, so klingt es.«

Gratulieren? Ja, vielleicht. Aber in meinen Ohren klang es irgendwie weicher. So sanft und schön, dass es einem direkt zu Herzen ging und einen fast zum Weinen brachte.

Ich nickte ergriffen.

»Kazune wird eine großartige Pianistin werden, sie ist einfach perfekt.«

Selbst wenn man von Musik keine Ahnung hatte, geriet man in ihren Bann. Jeder würde bei ihrem Spiel unwillkürlich aufhorchen.

Kazune musste nur eine einzige Note spielen, um Freude oder Trauer auszudrücken. Ihr Spiel, nie überschäumend, sondern stets zurückgenommen, war aus unzähligen winzigen Partikeln gewoben, die tief zu Herzen gingen. Dort blieben sie haften, unauslöschlich. Und pochten von innen. Wenn ich sie spielen hörte, entstanden sofort Landschaften. Licht, das durch die vom Morgentau benetzten Bäume fällt. Auf den Blättern glitzernde Tropfen, die herabperlen. Eine ewige Wiederkehr. Morgen für Morgen. Frisch wie neugeboren.

Es war wahrlich ein Fest, ihre Musik. Eine Hymne an das Leben.

»Du hast eben ›perfekt‹ gesagt«, raunte mir Akino-san ins Ohr.

»Was?«

»Neulich meintest du doch, es gebe keinen perfekten Klang, aber eben hast du es gesagt. Übrigens bin ich da ganz deiner Meinung.«

Wir nahmen Platz zum Essen, alle Kollegen saßen am selben Tisch.

Ich freue mich natürlich, wenn ein von mir gestimmtes Klavier einen guten Klang hat. Falls ein anderer Stimmer einen noch besseren Klang erzeugen könnte, würde ich ihm ohne zu zögern das Feld überlassen. Dem Instrument zuliebe, dem Pianisten und den Musikliebhabern. So hatte ich es bislang gesehen.

Aber jetzt denke ich anders darüber. Wenn Kazune spielt, möchte ich das Klavier für sie stimmen. Ich will selbst die Zügel in die Hand nehmen und das Beste herausholen.

Wem will ich gefallen? Wen will ich glücklich machen? Kazune, natürlich.

Ich liebe ihr Spiel, und ich habe alles darangesetzt, um seine Schönheit voll zur Geltung zu bringen. Dabei habe ich weder an das Brautpaar noch an die Hochzeitsgäste gedacht, sondern einzig und allein an Kazune.

Aber jetzt erkenne ich meinen Irrtum. Ich hätte auch die Gäste berücksichtigen sollen, die Größe des Saals und die Höhe der Decke. Ebenso die Sitzordnung und die Anzahl der Personen. Ich hätte im Voraus berechnen sollen, wie sich die Resonanz ausbreitet, um jeden Zuhörer zu erreichen.

Bis jetzt hatte ich nur Klaviere in Privathaushalten betreut, aber das würde nicht ausreichen, wenn ich Kazune in Zukunft zur Seite stehen wollte. Das hatte ich nun endlich begriffen. Ich war mir so sicher gewesen, keinesfalls eine Laufbahn als Konzertstimmer in Betracht zu ziehen, aber nun hatte sich die Situation komplett geändert.

Itadori-san wies mich freundlich darauf hin.

»Man sollte auch überprüfen, ob sich die Dämpfer gleichzeitig absenken.«

Ich hatte sie so eingestellt, dass sie sich beim Treten der Pedale synchron heben würden, aber nicht an den Rückweg gedacht.

»Du solltest immer darauf achten, alle Vorzüge in Kazunes Spiel voll zur Geltung zu bringen«, fügte er in seiner ruhigen Art hinzu.

Das würde ich.

Als sie in unserem Aufführungsraum am Flügel gespielt hatte, klangen die Akkorde fantastisch. Meine Vermutung war demnach richtig gewesen, sie mittels Pedaltechnik zu optimieren. Ich hatte vor Aufregung gezittert, als sich herausstellte, dass mir etwas Entscheidendes gelungen war. Die Pedale waren so eingestellt, dass sie einen Hauch sensibler ansprachen. Zu viel des Guten, und sie würden klemmen. Aber Itadori-san ermutigte mich dazu, sie noch feiner zu justieren.

»Ich denke, wir können das Kazune durchaus zutrauen.«

Das bedeutete, dass er auch mir mehr zutraute.

»Es ist doch auch unsere Aufgabe als Stimmer, den Pianisten zu fördern.«

In der Pause würde ich die Pedale noch einmal überprüfen und gegebenenfalls nachjustieren. Ich hatte gelernt, es sei ein Armutszeugnis für einen Stimmer, wenn man während einer Aufführung nachbessern musste. Aber das war mir egal. Mir lag einzig und allein daran, Kazunes Spiel zu einem großartigen Klang zu verhelfen.

»Ich frage mich«, nuschelte Akino-san, »ob jemand wie du nicht vielleicht doch das Zeug dazu hätte.«

Jemand wie ich? Wen meinte er tatsächlich? Und das Zeug wozu?

»Ganz bestimmt«, mischte sich Etō-san ein und nickte beifällig.

»Ich hatte mich anfangs gewundert, wieso ein Junge wie du Stimmer werden will. Weshalb Itadori-san dich so wärmstens empfohlen hat.«

Itadori-san hatte mich empfohlen? Ich dachte, es sei nach dem ›Wer zuerst kommt‹-Prinzip abgelaufen.

»Wen meinen Sie denn mit jemanden wie mich?«

»Nun, wie soll ich sagen ... jemand, der bodenständig aufgewachsen ist und keine Flausen im Kopf hat.«

Komisch, dachte ich. Kitagawa-san hatte neulich ganz ähnlich von mir gesprochen.

Das war natürlich nicht unbedingt ein Kompliment. Man hielt mich für einfältig und fad. Einen Langweiler.

»Inzwischen glaube ich, dass jemand wie du mit entsprechender Ausdauer beharrlich Schritt für Schritt den Wald aus Schafwolle und Stahl zu durchdringen vermag.«

»Ganz bestimmt«, pflichtete ihm Itadori-san bei. »Tomura-kun stammt ja aus den Bergen und ist im Wald aufgewachsen.«

»Köstlich!«

Kitagawa-sans plötzlicher Ausruf unterbrach das Gespräch. Schuldbewusst senkte sie den Kopf und stammelte eine Entschuldigung.

»Die Suppe? Sie schmeckt wirklich lecker«, stimmte Yuni mit ein.

Dank ihrer Intervention verhallte Itadori-sans Bemerkung, ohne dass ich etwas darauf antworten musste.

Ja, ich war ein Junge aus den Bergen und im Wald aufgewachsen. Ich empfand dabei ein tiefes Glück. Bestimmt ist der Wald auch in mir gewachsen.

Vielleicht habe ich ja doch den richtigen Weg eingeschlagen. Auch wenn er viel Zeit in Anspruch nahm und ich Umwege in Kauf nehmen musste. Es war ein gangbarer Pfad. Wenn ich glaubte, es gäbe nichts Besonderes im Wald, die Landschaft um mich herum sei bedeutungslos, wurde ich nun eines Besseren belehrt: Sie enthielten alles. Es war nicht einmal verborgen, sondern ich hatte es einfach bloß übersehen.

Ein Stein fiel mir vom Herzen. Ich fühlte mich unbeschwert. Auch wenn ich nichts besaß, Schönheit und Musik standen mir immer zur Verfügung, losgelöst in der Welt.

»Ach, da fällt mir ein ...«

Kitagawa-san wischte sich mit der weißen Stoffserviette die Mundwinkel sauber.

»In deiner Heimat ist doch die Schafzucht bestimmt sehr verbreitet, nicht wahr? Ich habe neulich mal bemerkt, dass das Kanji für Güte 善 das Zeichen für Schaf 羊 enthält.«

»Stimmt.«

»Und das Zeichen für Schönheit 美 ebenfalls.«

Sie sann einen Moment nach, bevor sie den Gedanken weiterverfolgte.

»Im alten China galten Schafe als das Maß aller Dinge. Sie wurden sogar den Göttern geopfert. Sind wir alle nicht auch ständig fieberhaft auf der Suche nach Gutem und Schönem? Als ich das über die Schafe gelesen hatte, dachte ich sogleich: Mensch, die befinden sich doch schon immer im Klavier.«

Ja, das stimmte. Sie weideten von Anfang an in diesem großen schwarz glänzenden Korpus.

Ich blickte zu Kazune, die gerade ein neues Stück begann. Eine Hymne an die Güte und Schönheit.